台灣文學精緻有聲書

沈默之聲

——林沈默台語詩集

台語顧問／陳憲國 陳恆嘉 方嵐亭

※本書以教育部國推會台語文建議用字為主。

※本書標音採改良式台語羅馬字系統。

※本書聲調標示方式參照TLPA系統。

謹以此書獻給
最敬愛的台語師父

先嚴 林天助先生

台語羅馬字音標對照表

一、聲母

台語羅馬字	教會羅馬字	國際音標	華語注音符號
p 褒	p	p	ㄅ
ph 波	ph	p'	ㄆ
m 馬	m	m	ㄇ
b 帽	b	b	ㆠ
t 多	t	t	ㄉ
th 討	th	t'	ㄊ
n 那	n	n	ㄋ
l 羅	l	l	ㄌ
ts 查	ch	ts	ㄗ
tsh 差	chh	ts'	ㄘ
s 沙	s	s	ㄙ
j 如	j	dz	ㆡ
k 哥	k	k	ㄍ
kh 科	kh	k'	ㄎ
g 鵝	g	g	ㆣ
ng 雅	ng	ŋ	ㄫ
h 哈	h	h	ㄏ

二、單元音韻母及輔音韻核

台語羅馬字	教會羅馬字	國際音標	華語注音符號
a 阿	a	a	ㄚ
e 挨	e	e	ㄝ
i 衣	i	i	一

u	于	u	u	ㄨ
o	窩	o	o	ㄛ
ou	鳥	o·	ɔ	ㄛ
m	母	m	m	ㄇ
ng	黃	ng	ŋ	ㄫ

三、介音

台語羅馬字		教會羅馬字	國際音標	華語注音符號
u	于	o	u	ㄨ
ua	娃	oa	ua	ㄨㄚ
ue	椏	oe	ue	ㄨㄝ
uai	歪	oai	uai	ㄨㄞ
uan	彎	oan	uan	ㄨㄢ
uat	越	oat	uat	ㄨㄚㄉ
uah	活	oah	ua2	ㄨㄚㄏ

四、鼻化母音

台語羅馬字		教會羅馬字	國際音標	華語注音符號
aN	餡	a^n	ã	ㄚ°
eN	嬰	e^n	ẽ	ㄝ°
iN	圓	i^n	ĩ	一°
(h)oN	火	o^n	ɔ̃	ㄛ°

五、輔音韻尾

台語羅馬字		教會羅馬字	國際音標	華語注音符號
am	庵	am	am	ㄚㄇ
an	安	an	an	ㄚㄣ

ang	紅	ang	aŋ	ㄚㄥ
ap	壓	ap	ap	ㄚㄅ
at	遏	at	at	ㄚㄉ
ak	渥	ak	ak	ㄚㄍ
ah	鴨	ah	aʔ	ㄚㄏ

六、聲調

調號（調類） 標音符號	台語羅馬字		教會羅馬字	國際音標	華語注音符號
第一聲(陰平)	i1	伊	i	˩	一[1]
第二聲(上聲)	i2	椅	í	˥	一[2]
第三聲(陰去)	i3	意	ì	˩	一[3]
第四聲(陰入)	it4	壹	it	˩	一ㄉ[4]
第五聲(陽平)	i5	夷	î	˧	一[5]
第七聲(陽去)	i7	預	ī	˩	一[7]
第八聲(陽入)	ik8	浴	ik	˩;˩	一ㄍ[8]
輕聲調	i0	求「伊」			
高升調	iN9	圓圓圓			

(註)根據王育德博士《台灣話常用語彙》〈台灣話概說〉，台語有24聲母，
　　 6主要母音，10複母音，9單音韻尾，34帶韻母韻尾，21鼻化韻母。

（CD宣言）

〔沈默之聲宣言〕

台灣新詩

／林沈默

寫詩寫到白頭鬃，

纔知跪佇中國的地圖縫，

無心假有意，

毋捌裝內行，

對黃河撇到彼條長江，

對萬里長城牽到蘇州江南。

搢來搢去，

愈搢心愈虛。

唸來唸去，

愈唸心愈茫。

予阮阿母看著眞毋甘，

聽著唸詩趕緊塞耳孔，

青暝牛看秀才講——

喙笑目笑心袂動。

■

腳踏台灣地，
頭戴台灣天。
五千年歷史行軍，
三十冬醉星夢月。
歲頭食到現此時，
纔來認份家己是蕃薯囝，
台灣人本底就行台灣路。
原來過去硬寫攏是空、
原來過去苦想若春夢、
原來喙哺蓬萊米，
手做中原大戇工。
原來、原來——
阮就是堂堂忘恩背祖，
台灣文壇的大米蟲。

■

中原包袱攏總放，
山崩地裂水流東。
知影半世打拚無採工，
白紙烏字扰紙籠，
我纔會感心關寒窗，
吐盡心血來補償，

咒誓重新來做人：
我咒誓用故鄉的土地做稿紙，
我咒誓用老母的話語做筆尾，
我咒誓用人民的心情做墨膏，
拚命寫出——
台灣人掩崁的願望。

■

台灣代誌台灣味，
台灣文學台灣語。
新手新勢譜新詩，
母仔喂——
這回歌調無相全，
包妳聽了：
喙笑目笑，
心頭起地動。

音義注

白頭鬃（台音唸tsang）：頭髮斑白。形容老矣。

纔（台音唸tsiah）知跪佇（台音唸ti7）：才恍然大悟，原來跪在…。

地圖縫（台音唸phang7）：地圖的夾縫中。

毋捌（台音唸bat）：不懂。

撇（台音唸phet）到：胡亂書寫、提及某事。也可解釋為「扯到…」。

撦（台音唸tso7）來撦去：塗來塗去。撦，有信筆塗鴉的意思。

心愈茫（台音唸bang5）：心裡更加徬徨、迷惘。

眞毋（台音唸m7）甘：很心疼、不忍心之意。

塞（台音唸that）耳孔：搗住耳朵，聽不下去之意。

青暝牛：文盲、目不識丁之人。

心袂（台音唸be7，暫借字，或以「蔑」字代）動（台音唸tang7）：心裡不爲所動。

蕃薯囝（台音唸kiaN2）：台灣（蕃薯仔）之子。

喙哺（台音唸pou7）：牙齒咀嚼著。

抌（台音唸tim3）紙籠（台音唸lang2）：丟到字紙簍。

感（台音唸tsheh）心：狠心。有傷心覺悟而重新立志之意。

咒誓（台音唸tsiu2-tsoa7）：發誓。

墨膏（台音唸ko）：墨汁。

無相全（台音唸kang5）：不一樣。

新寫實主義的驚雷

——《沈默之聲》台語詩集賞析

／王金選

丹鳳山，風透透。
想起四、五十冬前，
予人押入生份地頭，
營區內，毋是剁手斷腳、
就是青暝爛耳兼臭頭。
指導人員、鐵面歹聲嗽，
親情朋友、無人來行到。
阮怨怨嘆嘆啼啼哭哭：
有人日時想袂開去吊脰、
有人半暝緊逃走。

■

丹鳳山，熱透透。
經過四、五十冬後，
相扶相挺全鼎全灶，

營區內，變做社會庄頭、
有人飼雞有人掘菜溝。
楓仔樹頂、秋蟬唧唧哮，
茄苳樹腳、閒人咧破豆。
阮苦苦甘甘吵吵鬧鬧：
送過一粒擱一粒的日頭，
這是阮溫暖的兜。

■

新莊中正路794號，
自少年住到老，
樂生是永永遠遠的兜……
啥麼人攏免想欲叫阮搬走。

——林沈默台語詩〈樂生是阮兜〉

　　一九三○年代，台灣有個痲瘋村，上千、上百位罹患癩病，亦即所謂「漢生病」者，長期以來就被統治階級歧視，像犯人般的，禁錮在北縣新莊郊區的丹鳳山丘的「樂生療養院」，由醫療管理員監視行動，彷彿現代集中營。他們生活在沒有自由、暗無天日的醫療小監獄中，連購買生活所需，都必須由一個圍牆邊的小洞，將硬幣投入牆外消毒水桶中，才能向商人們購買，其被台灣社會之邊緣化，可見一斑。

　　就這樣，春去秋來，過了六、七十個寒暑，樂生成了老

人們命運共同體的避風港，病友們在患難中互相扶持，詎料，標榜人權的台北縣政府，為了捷運站的動工，已有七十五年歷史的台灣唯一公共醫療建築——樂生療養院，卻面臨怪手剷平。三百多位病患在歷經集中營隔離、汙名化後，仍無法終老於此，被迫挺身保衛家園。

「我們要的是這裡的一草一木、一景一物，我們捨不得這棵老茄苳，還有仲夏傍晚的蟬聲…」

「我們要的是病舍盡頭那顆熟悉、每天起起落落的日頭！」

「對！我們不要高樓大廈、我們不要冷冰冰的現代醫療大樓！」

林沈默曾在新莊擔任過磨刀工人，與樂生病院有深厚地緣關係，在知悉消息之後，默默的探訪了這個即將被政治遺棄的地方，在老樹下、在傷殘者電動車前，諦聽垂暮、肢障老人們顫抖的控訴，記下了一頁頁心情的筆記。回家後，他義憤填膺的以母語寫出了以上的詩篇，刊出後，終於掀起了社會廣泛的回響。

當台灣政客們用口水愛台灣，造成社會對立、亂象叢生之前，一向標榜百分百寫實、關心本土文化的林沈默，早已選擇用文學「愛台灣」，尤其是以「台語詩」、「台語唸謠」來記錄、讚美、歌頌、批判或嘲諷這塊土地所發生的事。他本著一個知識份子的良知，字字句句寫出對台灣的殷切期盼及關

懷。〈樂生是阮兜〉只是其中的一則小故事而已。

　　熱愛寫作的林沈默，曾經花十年的時間撰寫《唸故鄉──台灣地方唸謠》（記錄台灣309個鄉鎮的台語三字經），並且在這之前，已經發表過很多的台語童詩作品（台灣囡仔詩），對於台語文的語彙、押韻及節奏感的掌握，相當純熟，再加上文學的素養和努力不懈的精神，使他成為一個台灣少數兼具形式與內容，質、量均豐的秀異作家，放眼當今文壇，少人可以匹敵，因此，被報章媒體譽為「台語文學的新高山」，實在當之無愧。

　　讀林沈默的台語詩，會發現他的心思細密、感情豐沛、幽默感十足，甚至有強烈的使命感，所呈現出來的作品，總讓人感到莞爾、會心一笑、拍案叫絕或心生感動。他批判時事，往往一針見血、搔到癢處，但嘲諷中不失敦厚，戲謔裡仍充滿期待。有些針砭、月旦政治人物的詩，雖然犀利麻辣，卻有「良藥苦口」的意涵，而且所幸林沈默的遣詞造句十分靈巧，字裡行間總有詼諧逗趣的語言或妙喻，軟化了嚴肅的主題及殺傷力，這是作家為了突顯議題，引發討論，讓大眾省思的方式，「民主」的可貴與可愛，也是在於它可以同時存在著不同的聲音，不同的文化、理念及價值觀，大家用各種的方法，一起疼惜、守護這個彼此共同的家園。

　　或許是長期在新聞媒體工作的關係，使林沈默更有機會觀察社會百態、政治亂象或人間冷暖的故事。他總是認真的

剖析新聞事件，再做取捨、轉化或譬喻，使作品更為精闢獨到、內斂有力，並提昇文學的氣息，讓讀者同時領略到「新聞性」與「文學性」的雙重趣味。

例如：〈拚蕃薯——反分裂法十條密碼解破〉、〈敗家鼠〉、〈台灣人反併吞〉、〈台灣保倒〉、〈虎咬豬〉、〈阿細仔孤兒〉等，大都是以「反諷」的筆調，表達出對某些事件的看法和關心。這種「寫實」的詩，其實早在以前的民間唸謠裡，也不難發現，如：「人插花，伊插草。人抱嬰，伊抱狗。人未嫁，伊先走。人坐轎，伊坐畚斗。人睏紅眠床，伊睏屎礜仔口……」、「油炸粿、杏仁茶，看著警察磕磕爬，甌仔損破四、五塊。雙腳跪齊齊：大人！大人！後擺不敢賣……」可見早期台灣很多文學作品(包含歌謠)都具有強烈的寫實主義的批判精神，只是因外來政權的刻意打壓、母語式微而出現斷層罷了！如今，《沈默之聲》的出版，也象徵著台語新寫實主義號角再響，邁出重新出發的第一步。

林沈默的台語詩不僅寫實，他的語詞掌控、諧音的聯想和韻腳的處理，更叫人激賞。暫且不管任何政治立場，他的「諧音聯想」，真會讓人笑中有淚，不得不拍案折服。例如：「台灣寶島」說成「台灣保倒」、「國民黨」說成「損面桶」、「扁宋會」說成「便所會」、「南無阿彌陀」說成「咱無阿彌陀」等。趣味的「語意聯想」，如：「敗家鼠」暗喻「敗家子」、「金光島」暗喻「金光黨」、「當歸麵線」暗喻「統一戰線」、「台灣藥鼠」暗喻「教

改的白老鼠」等，都很有趣。順暢的「押韻」則更多了。例如：

　　日頭出，後山後。赤腳囡仔、鼻水貢貢流；

　　削竹棍、摃石頭，溪仔埔、咧出操……

——野球飛啊飛

　　……這邊阿婆抾字紙，彼邊阿妹粉紅色的八卦。

　　SNG衛星連線，跳樓、自殺報你看……

——媒體之歌

　　……工程鬼、包你死。歪哥鬼、偷食錢。

　　……生理鬼，烏心肺。趁錢第一！趁錢第一！

　　……三八鬼，去減肥。風流鬼，飼細姨……

——台灣鬼族

　　……第一祈願國際和平：風雨順、無事情，免冤家、免戰爭……第二祈願朝野理性：有競爭、無鬥爭，藍綠黨、相尊敬……第三祈願社會安定：百行業，萬事興，田庄伯，好收成……

——年兜祈願

　　文學的架構及表現手法固然重要，但是它的主題內涵更能打動人心，引起共鳴。林沈默的文學表現技巧，不僅是爐火純青，更令社會大眾讚嘆及敬佩的，是他那悲天憫人、批惡揚善，為弱勢發聲、愛與關懷的「人道精神」，有些作品總會讓人有所感動，為當事人感到不平、不捨而落淚。例如：

　　別人是爹地的掌上珠，

媽咪的金含仔糖。
你是有一頓、無一頓，
蘋果麵包咬來做飯吞。
……阿爸酒醉打到死死暈暈，
送過急診室又擱無人問……

──想起邱妹仔

樹菊花開、心茫茫……
市場人生濕濕暗，
家庭擔頭日日重。
賣菜姊仔十三歲喝到大人……

──樹菊花開

嘰嘰嘰……台灣小藥鼠。
身軀膨圓膨圓，
目睭近視近視，
冊包掛輪仔讀書去。
放學趕場、補習班補元氣……

──台灣藥鼠

生理虎、笑呵呵，
半拐撈、半強盜；
豬皮當燕窩，
漚梨仔準蘋果。
過期涼水食品，

改頭換面、桃花過渡。

有機青菜水果，

農藥卡多，參考參考。

破病豬提來做肉酥，

食死別人、趁死貧道……

——咱無阿彌陀

另外，〈年兜祈願〉、〈媒體之歌〉、〈風啊風〉、〈錦囊詩二帖〉，更是道出了無數台灣住民的心聲。

綜觀林沈默的《沈默之聲——台語詩集》，筆者覺得他的台語詩有五種「感覺」、五款「氣味」。

「五種感覺」分別是：「深情感」、「幽默感」、「使命感」、「現代感」、「開闊感」。

一、「深情感」：自然流露出一股愛鄉、愛民、愛土地、愛國家的自然情懷。如：替痲瘋病患鳴冤的〈樂生是阮兜〉及醫療人球案的〈想起邱妹仔〉、捍衛本土的〈台灣母仔〉、反對換身分證捺指模戕害人權的〈治安符仔〉，以及描述蔡瑞月（〈月娘跳舞〉）、陳菊（〈台灣菊〉）、林義雄滅門血案（〈樹林外口的路〉）等等情節都是。

二、「幽默感」：絕妙的比喻和語言使用，像是幽默的政治、時事漫畫家，他的「點子」和「筆調」，都讓人馬上聯想到一幅幅精采有趣的畫面。如〈阿督仔開保全〉、〈摃面桶之歌〉、〈烏面嫦娥〉、〈媒體之歌〉、〈咱無阿彌陀〉、〈台灣保倒〉

等等，有時讓人捧腹大笑，有時卻讓人笑中有淚，啼笑皆非。

三、「使命感」：他的作品總是有一種「教化人心（如誠信之道）」、「強化台灣本土意識」的使命感。如拯救蘭嶼原住民文化的〈白浪來了〉、反對台灣經濟被淘空的〈台灣人反併吞〉、〈敗家鼠〉、〈當歸麵線〉，批判本土政黨墮落、台灣主體意識沉淪的〈蠟條發火〉、〈獨角仙〉、〈綠朝霜降〉、〈樹林外口的路〉等詩都是。

四、「現代感」：每一篇作品都是具有真實的背景，都是「這個時空」最近發生的事件，與我們息息相關，自然引起社會大眾內心的某種呼應、感同身受。信手拈來如：〈七月煞〉、〈台灣鬼族〉、〈媒體之歌〉、〈台灣藥鼠〉、〈鳥面嫦娥〉等等都是。

五、「開闊感」：他的取材廣泛、格局寬大，讓讀者打開視野、關心更多的社會層面，較能以宏觀的角度看待世事。因此，沈默之聲也跳脫了島國的格局，讓台灣視野直接與國際世界接軌，這也是時下台語詩所最欠缺的東西。如：「霧鎖台江」專輯裡的〈阿督仔開保全〉、〈全球風飛砂〉、〈阿細仔孤兒〉等詩都是。

「五款氣味」是：「詩味」、「韻味」、「趣味」、「鄉土味」、「心酸味」。

一、「詩味」：他的作品是從生活中萃取出來的智慧結

晶，自然「詩味」十足。

二、「韻味」：熟練的韻腳和節奏感處理，使作品唸起來琅琅上口，很有「韻味」，會讓人想一唸再唸。

三、「趣味」：逗趣、好玩、俏皮的聯想，往往使人不禁感到莞爾，會心一笑。

四、「鄉土味」：本土語言的大量使用，加上很多「道地的」台灣生活用語和風俗習慣描寫，讀起來鄉土氣息濃厚，倍感親切。

五、「心酸味」：有些諷刺或批判性的內容，會使人覺得心疼，或為一些不公不義之事感到遺憾，但也因此燃起了人們「打抱不平」的改造力量，讓社會增添向善、向上之力。

這「五種感覺」、「五款氣味」，讀者若能細細「品味」，將會回味無窮，並且有預想不到的心靈收穫。

一直以來，辛勤耕耘台語詩歌的林沈默，總是默默的散發出以母語「愛台灣、愛文學」的原始光和熱，相信他的用心結晶，一定會得到社會大眾的讚賞與回響。而緊貼在美麗島母親土地的懷抱，記錄著時代脈搏與台灣人心跳的《沈默之聲》，也將成為台語新寫實主義的範本，跨越時間與空間，在台灣文學開創史上留下最搶眼的里程碑！

（本文作者王金選為台語童謠作家、漫畫家，著有《紅龜粿》、《指甲花》等十餘本暢銷台語詩集，曾多次獲得「金鼎獎」。）

沈默之聲 目次

土香結籽

霧鎖台江

亂都魅影

浮水蓮花

【沈默之聲】
想起邱妹仔

別人是爹地的掌上珠、

媽咪的金含仔糖。

妳是有一頓、無一頓，

蘋果麵包咬來做飯吞，

工地壁腳，挽花家己耍。

三更半暝，看大人唅酒喝拳，

細漢妹仔愛睏愛人抱——

酒鬼阿爸打到死死暈暈，

送過急診室又擱無人問。

白色巨塔陰陰冷冷插入雲：

台北市無散赤人的病床，

邱妹仔，妳頭疼想愛睏、

醫生護士嘛想欲睡一陣！

（救護車換伊換伊——

小病患踢去一百四十外公里遠……）

■

人球踢啊踢過海口庄，
可憐妹仔無神魂。
身軀插管縛佇病床，
頭毛予人剃到光光光，
生命機器，吱一陣哭一陣。
病房外面，東北季風加冷損，
祈福紙鶴幌到滿廳門——
世間路艱艱苦苦亂紛紛，
三年苦難一把火來了斷，
妹仔捨身教化圓滿欲來轉：
捐肝，勸恁社會好心肝，
捐腎，叫恁大人要謹慎，
毋通予囡仔一暝哭天光！
（救護車換伊換伊——
小菩薩欲來去無煩無惱的天堂……）

■

大寒過了是立春，
燕仔舊岫擱生卵。
邱妹仔喂——
向望妳繼續守護台灣咱家園。

（刊於2006年2月11日自由時報自由廣場）

音義注

邱妹(台音唸me，本詩妹字皆同音)仔：指邱小妹。

爹地(daddy)、媽咪(mummy)：皆以英語發音，對應台灣社會的語言階級性。

的：台音唸e5，暫借字。

金含(台音唸kam5)仔糖：含在嘴巴的糖果，形容寶貝、疼命命的孩子。

有一頓(台音唸tng3)無一頓：有一餐沒一餐。據報導，邱小妹隨父親到處打零工飄浪，長期以雜貨店的麵包果腹，甚至於不大會吃雞肉哩！

耍(台音唸sng2)：遊戲。

想欲(台音唸beh)睏：想要睡。

換伊換伊：台語諧音如救護車急促的叫響聲。

海口庄：指收留邱小妹的台中縣濱海梧棲鎮童綜合醫院。

縛佇(台音唸ti7)：綁在。

捐腎：腎唸sin7，通俗稱呼應為「腰子」。

來轉(台音唸tng2)：回家，本詩喻魂魄歸西。

小菩薩：喻邱小妹化身為台灣受虐兒的保護神。

天堂：台音唸thiN-tng5。一般唸文音thian-tong5。

舊岫(台音唸siu7)：舊巢。

另：本詩敘述發生於2005年1月9日的邱小妹醫療人球案，年僅三歲的邱小妹，在台北市遭父親當街毆打重傷送醫，卻又被台北市仁愛醫院拒絕收留，踢到140公里外的童綜合醫院，延誤黃金就醫時間，不幸於同月24日，宣佈腦死往生，並捐出肝、腎遺愛人間。本詩乃為邱小妹逝世滿周年而寫。

【沈默之聲】
月娘跳舞
——記台灣現代舞之母蔡瑞月

初三四、月眉意。

「台灣月娘」吐志氣：

東京拜師學藝去，

新舞衣、汗淋漓，

腳尖鞋、磨平平。

南洋公演、千里獻舞技，

終戰後，坐客輪回鄉里。

咱愛咱的台灣……

舢板舞台、壯志沖天，

舞動青春、搧動海水，

——嫦娥姊仔暗笑暗奇。

■

十五六、月當圓。

「台灣月娘」喜生悲：

白色恐怖來創治，

新鴛鴦、拆分離，

政治牢、坐兩年。

出獄了後，思君無失志，

雙人舞，跳破社會禁忌。

假使我是海燕……

編舞教學、披種播籽，

現代舞蹈、散葉開枝，

——嫦娥姊仔滿心滿意。

■

廿三四、月暗暝。

「台灣月娘」微微睏去，

睏佇台灣人戀戀不捨的夢里。

　　【沈默曰】「搬戲跳舞，捨爸捨母。」在保守年代，率先挑戰禁忌，人稱「台灣月娘」的現代舞先驅者蔡瑞月，不幸於2005年5月29日病逝澳洲。蔡氏少年即赴日習舞，返國後，因丈夫遭驅逐出境牽連，以通匪罪名繫獄兩年，出獄後編舞教學不輟，仍飽受壓迫，舞蹈社舊址亦遭焚毀，但終其一生，創作500多支舞碼，舞林弟子滿天下。

（刊於2005年6月13日自由時報自由廣場）

音義注

　　腳尖鞋：為舞者專用的芭蕾舞鞋。

　　磨平平(台音唸piN5)：磨平。

　　汗淋漓(台音唸lam7-li5)：汗水淥淥。

　　咱愛咱的台灣：蔡氏早年隻身赴日，進入石井漠舞蹈學校習現代舞。學成後，於載著她返台的「大久丸號」舺板上，當著數千名乘客，迎著海風翩然起舞，發表〈咱愛咱的台灣〉舞作。

　　創治：戲弄。

　　挾(台音唸ia7)種播籽：撒下希望的種子。

　　睏佇(台音唸ti7)：睡在…。

　　夢里：指夢鄉。

　　「初三四、月眉意。十五六、月當圓。廿三四、月暗暝。」皆為台灣舊曆的氣象俗諺。

　　〈咱愛咱的台灣〉、〈假使我是海燕〉：皆為舞碼名稱。

（CD第3首）

【沈默之聲】
樹菊花開

樹菊花開、心茫茫……
市場人生濕濕暗,
家庭擔頭日日重。
賣菜姊仔十三歲喝到大人:
紅鳳、青江、小白菜,
三把五十、半賣半相送。
買芹菜配好婿、
買蔥予妳嫁婿翁。
油菜花頂小蜜蜂,
不時飛來問起感情的事項。
（台灣女兒認命操煩,
實在無閒梳頭鬃!）

　　　■

樹菊花開、金茫茫……
果菜市有起有降,

大愛心無振無動。

賣菜姊仔粒粒積積數百萬：

助貧、濟弱、救苦難，

文化寄付、起造圖書館。

爲前人造功德、

爲後壁孫開福田。

勞勞碌碌四十冬，

不管青春火車已經過車站。

（台灣女兒歡喜圓夢，

光光彩彩電頭鬃！）

■

樹菊花開、婿茫茫……

【沈默曰】「一樣雞、啄百樣蟲。一樣米、飼百樣人。」台東賣菜單身女子陳樹菊，自十三歲起因家變失學，在市場討生活，擔負家計。四十年後，她將一元、十元積累的四百五十萬默默捐出，爲國小興建圖書館。此事經自由時報五月十二日以頭版獨家披露，轟動全台。相較於噴口水愛台灣的政客，陳樹菊踏實築夢，實在偉大多了。

（刊於2005年5月22日自由時報自由廣場）

音義注

心茫茫(台音唸bang5-bang5)：心中徬徨。本詩「茫茫」兩字唸法依此。

喝：台音唸hoah，拍賣者吆喝聲。

大人(台音唸lang0)：長大成年。十三歲喝到大人，指從十三歲起從事拍賣，一直喊到成年。

紅鳳、青江、小白菜：皆為當令的蔬菜名稱。

予(台音唸hou7)妳嫁婿翁(台音唸ang)：祝妳找到帥哥丈夫。

大愛心無振(台音唸tin2)無動：大愛心毫無動搖，指始終如一。

粒粒積積：指一點一滴的儲蓄，積少成多。

寄付：捐款。

不管青春火車已經過車站：喻無悔的付出，不在意生活重擔辜負了少女青春、美麗的時光。

電頭鬃(台音唸tsang)：燙頭髮裝扮自己，形容女性快活地展示自己。

另，樹菊又名五爪金英，秋冬開金黃花，類似向日葵，部份地區農戶當做儲養地利的綠肥，象徵台灣女兒「歡喜做、甘願受」的奉獻精神。

【沈默之聲】
樹林外口的路

藍色霸權年代，
國庫通著黨庫，
你行上黨外抗爭道路，
勇敢，佇省議會徛旗擂鼓，
赤手空拳、大戰貪官虎。
美麗島起事件、
你落難禁烏牢。
二二八予人抄家滅族，
六蕊死目慘對民主之路，
你跪娘哭团、夢碎心疼，
最後，目屎全部吞落腹肚，
你學習寬容、日日祈禱耶穌，
向望蕃薯仔、犧牲換來覺悟。
（無人知影蠟燭照路燒心苦楚……）

■

綠色主政年代，
民主慢慢起步、
皇親國戚歡喜來圍爐，
不過，社會天靈蓋青變烏，
有人食補、有人咧食苦。
官商醉咧掠兔、
弱勢跪咧半路。
核四廠猶原復工偷渡，
社運帽仔吊佇壁角生菇，
本土文化放咧發草拖土，
台灣前途茫茫渺渺摸無路，
建國運動受風受雨半騙半誤，
「誠信」兩字到底是值幾箍？
（無人知影神主牌仔夜夜發爐……）
　　　　■

綠樹林內底有兩條路：
一條是光彩、虛華，
一條是陰溼、寂寞，
兩條攏總通對青損損的墜落。
　　　　■

先生，咱行樹林外口彼條卡遠的路啦！

（刊於2006年1月28日自由時報自由廣場）

音義注

佇（台音唸ti7）：在。

二二八：此處非指1947年的島內大革命，而是指發生於1980年2月28日的林宅血案，當天，林義雄的母親及其兩女等三人不幸遇害。

向（台音唸ng3）望：希望。

掠兔：酒醉抓兔子，即嘔吐。

生菇（台音唸kou）：發霉。

值幾箍（台音唸khou）：值多少錢？

通（台音唸thang3）對：通往。

的：台音唸e5，暫借字。

神主牌仔：林義雄一生堅持台獨理念，不隨波逐流，被台灣政壇尊為「人格者」，奉為民進黨的精神象徵——神主牌仔。

青損損（台音唸sun2）：原指臉色發青，此處指慘綠（民進黨的淪落）的結局。

墜落：指墮落。

另，末二段由美國詩人羅勃·佛洛斯特（Robert Frost, 1874-1963）的新詩「沒有走過的路（The road not taken）」演繹，原句為「黃樹林裡分岔兩條路……我選擇人跡較少的一條，使得一切顯得多麼不同。」為林義雄先生退出民進黨前，援引表露心跡的詩。

【沈默之聲】
台灣雞婆

末世紀、暗嗦嗦，
知識份子閃避在角落。
李院長、眞雞婆：
青暝仔報國毋驚刀，
挺阿扁、國民黨偃予倒，
政黨輪替、社會重新改造。
啥知死蛇活尾橫橫葛葛：
朝小野大爭議一波一波，
國會空轉、預算討無，
政府改革、歹行歹做，
百姓生活也無變卡好。
——新政五年，台灣直直墜落，
綠色執政全款無可奈何……

■

七月天、雲薄薄，

少年仔淋汗水拚聯考。
李院長，真雞婆：
開闢多元升學管道，
拚教改、用愛用心來做，
冊包壓力、欲予伊變攏無。
哪知教師一套家長一套：
放學了後補習班去報到，
英語、數學、才藝科，
項項愛補、項項愛學，
白老鼠逼到流屎流膏。
──教改十年，信心年年失落，
讀冊囡仔猶原是無快樂……
　　　　■

政改難免跋倒、
教改愛擱檢討、
李院長，毋通失志心憒憒：
知識良心是社會光明燈，
請你繼續發光繼續雞婆！

（刊於2005年10月17日自由時報自由廣場）

李院長：指諾貝爾化學獎得主、中央研究院院長李遠哲博士。李曾在台灣最需要的時刻，放棄美國國籍回到母親的土地奉獻，推動政治、社會改革、九二一重建、並擘畫十年教改(1995-2005)，被譽為台灣學術界良心。

青暝仔報國毋(台音唸m7)驚刀：由「青暝(瞎子)毋驚銃」俗語引申。

偃(台音唸ian2)予(hou7)倒：把…推倒。

死蛇活尾，橫橫葛葛(台音唸ko5)：巨蟒死後，尾大不掉。本句由「死蛇活尾溜」俗諺演繹，引申為國民黨倒台後，死而不僵、繼續糾纏之意。

墜落：墮落或急轉直下。

讀冊囝(台音唸gin2)仔：指學童。

白老鼠(台語更準確應稱為「藥鼠」，指教改學童)逼到流屎流膏：由俗語「好好蟳，刣(台音唸thai5，暫借字)到流屎流膏」引申。

政改：政治改革。教改：教育改革。

跋(台音唸poah8)倒：跌倒。

毋(台音唸m7)通心慒慒(台音唸tso-tso)：不要心悶。

【沈默之聲】

台灣菊
——記陳菊女士

戒嚴星、閃爍爍。

台灣菊、暗暗仔開……

佇獨裁統治時期，

伊是十八九歲樸實少女，

探出圍籬、開出自由花蕊。

伊衝街頭、毋驚噴水，

選舉掠鬼兼顧暝。

啥知美麗島事件跋入陷阱，

五年監禁、烏牢不見天，

毋甘猶擱有人佇社會角落哭啼，

出獄了後，堅心打造公義福利，

伊發願欲予弱勢者攏總出頭天。

伊啊伊——民主菊姊仔！

土生土媠的台灣女兒。

■

民主星、光爍爍。

台灣菊、戀戀仔開⋯⋯

佇綠色執政時期，

伊頭戴工程帽跳入火坑，

守護工人、大戰資方狐狸。

伊有手路、嘛有堅持，

勞權總是排第一。

哪知外勞火燙傷半生志氣，

人權兩字、血水唔唔滴，

台灣歹代誌放送國際社會現世，

毋甘損害國家母親神聖的名譽，

伊見笑慷氣、包袱仔款款離開。

伊啊伊——勞工菊姊仔！

土性土直的台灣女兒。

(刊於2005年9月9日自由時報自由廣場)

音義注

閃爍爍（台音唸sih-sih）：閃爍狀。

佇（台音唸ti7）：在。

毋（台音唸m7）甘：不忍心。

掠（台音唸liah8）鬼：抓鬼，喻以民間力量抓賄選買票。

土（台音唸thou2）生土嫷：形容落地開花、自然就是美。

044　《沈默之聲》

嘛(台音唸ma7，暫借字)有：也有。

血水哂哂(台音唸tshop8)滴：血水直淌的樣子。

放送(台音唸hong3-sang3)：日語轉換，指消息藉影音傳播。

現世(台音唸si3)：丟人現眼。

本詩有感於「台灣女兒」──一生從事人權運動、前勞委會主委陳菊，為高雄捷運外勞滋擾事件下台而作。

（CD第7首）

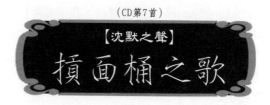

【沈默之聲】
損面桶之歌

阮身段放到低低低，

尊連戰、徛正正，

基層走攤透暝也行。

票桶一開：竟然北馬破南營。

黨啊黨！阮比人卡搰力，

為何為何比人卡歹命？

（金平兄損面桶，

坐咧土腳哭一聲……）

■

阮身骨洗到白白白，

去烏金、反台獨，

罵阿輝伯來予人聽。

票桶一開：猶原唱無阮的名。

黨啊黨！阮比人卡用心，

為何為何無人來信任？

（金平兄損面桶，

跪咧土腳哭兩聲……）

■

阮身軀褪到光光光，

老榮民、當爹娘，

蔣經國請來坐大廳。

票桶一開：眷村仝款是鐵餅。

黨啊黨！阮比人卡打拚，

為何為何猶是蕃薯命？

（金平兄損面桶，

覆咧土腳哭三聲……）

【沈默曰】「打虎掠賊，親兄弟。」來自國民黨最基層、縱橫政壇三十年，每選必上，堪稱「南方不敗」的國會議長王金平，與馬英九競逐黨主席的結果，竟然大輸二十三萬餘票，連南部票倉也被踩碎。王的慘敗，除形象、文宣不利之外，最大因素在省籍族群問題上，儘管他身段柔軟，不斷向竹籬笆交心佈樁，但因「本省籍」蕃薯仔一身土味的宿命，最終仍不獲眷村外省人的認同。王金平的覆轍，怎不讓身處藍營的本土政客當頭棒喝、驀然驚醒呢？

（刊於2005年7月18日自由時報自由廣場）

音義注

　　摃面桶：敲打洗臉盆。摃面桶之歌，即如《戰國策》〈馮諼客孟嘗君〉一文，馮諼壯志難伸所吟之「長鋏歸來乎」般，有不如歸去之意。摃面桶，亦是民間對國民黨諧音的譴稱，亦有人稱為顧面桶。

　　徛(台音唸khia7，或為「企」字)正正：站得直直的。由台諺「坐正正，得人疼」引申。

　　北馬破南營：指北部的馬英九，踩破王金平的南部票倉。

　　卡掯(台音唸kut)力：較勤勞打拚。卡，為暫借字。

　　咧(台音唸leh)：在。

　　猶原：仍然。

　　予(台音唸hou7)人聽：給人聽。

　　褪(台音唸thng3)到光光光：脫光光。

　　鐵鉼(台音唸phiaN2)：鐵板一塊。

土香結籽

【沈默之聲】
狗牌當金牌

佇威權年代，
咱是乖乖的戀奴才。
叫往東、毋敢走西，
叫跪咧、毋敢起來。
咱咬荣舖根切豬荣，
咱無錢清采自卑打拚，
有時半路毋敢認阿娘，
向望有一工自由自在，
蕃薯出頭做主宰：
彼時陣真悲哀，
咱的頷頸掛狗牌……

■

佇開放年代，
咱是怪怪的錢奴才。
台灣製、紅遍世界，

台灣錢、淹過肚臍。
台灣人有光彩舞台，
不過，爛性猶原無改，
臭羶文化捧來烏白拜，
清清采采甘願去食屎，
台客可憐裝可愛：
狗牌當作金牌，
掛咧身軀叮噹幌……

■

乖乖、乖乖乖……
怪怪、怪怪怪……

　　【沈默曰】一九五六年國府全面推行國語運動，校園禁講
方言，否則罰款掛狗牌羞辱，開啓文化歧視與族群自卑濫
觴。數十年後，在商業及媒體加持下，部分被壓迫者變成膨
風水雞，竟拿著似是而非的「土產」強迫推銷。台客爭議，難
脫菁英與通俗的階級文化鬥爭，但演藝買辦假戲眞做，將次
文化膨脹成台灣主體價值來牟利，讓台灣人揹上永遠的狗
牌，最該撻伐。

（刊於2005年8月29日自由時報自由廣場）

音義注

佇：台音唸ti7，狀態詞，與「在…」同義。

跪咧：跪著。

清采(台音唸tshin3-tshai2)：隨意、隨便之意。

咱的(台音唸e5，暫借，或爲「ㄗ」字)：我們的。

頷頸(台音唸am7-kun2)：脖子。

猶原：仍然、依舊。

臭蕃(台音唸hiuN)：蕃薯得病腐敗，餿掉了，引申爲敗壞或過氣。

烏白拜：黑白拜。即隨意亂拜。

幌：台音唸haiN3，指東西搖來搖去。

另：末二句「乖乖、乖乖乖…怪怪、怪怪怪…」，以早期台灣的乖乖兒童食品的廣告歌曲(華語)旋律重複唸誦。

【沈默之聲】
台灣母仔

五穀王！
請祢聽我講。

■

論起不肖子阿正仔，
本底是庄腳看牛郎，
仙爺苦心栽培出手大方：
慷慨捐廟產、
蔗園起學堂。
望伊讀冊出脫，
厝鳥仔變鳳凰。
知識化做龍捲風，
為艱苦人來翻身解放。

■

啥知褪草鞋穿西裝，
大學國際化浮浪狂，

予伊目睭花花頭殼悾悾：
英語世界通、
台語毋願講。
嫌爸散嫌母偄，
怨蕃薯怨祖公。
陳厝寮土戀土戀，
講愛換名叫叫才會旺。

■

五穀王！
五穀王！
敢講…敢講…
外國媽咪眞端莊?!
台灣母仔有卡偄?!

【沈默曰】「房頭無親，近廟欺神。」十六年前獲在地五穀
王廟捐六十公頃廟產，才得以在甘蔗園中立校的國立中正大
學，2005年初，竟然忘恩負義、「食果子，剉樹頭」，以所謂
「與國際接軌」及「符合大學形象」爲由，將校址從民雄鄉三興
村「陳厝寮160號」硬改爲「大學路168號」，讓沾滿泥土味的「陳
厝寮」從校址中蒸發了，大開本土化的倒車，社會紛紛質疑忘
本，本詩乃有感而發。

(刊於2005年3月27日自由時報自由廣場)

音義注

　　台灣母(台音唸bu2)仔：台灣母親。母親，早期台灣福佬人喚為「阿母」、「母仔」、「阿娘」、「娘喂」，也有人「偏叫」為「姨仔」、「阿姐」、「阿腰(阿姨喔～的連音)」、「卡桑(日本話)」，現代人叫「媽媽」，更摩登的新人類則叫「媽咪」，十分有趣。

　　五穀王廟：位於民雄豐收村，主祀農民、土地保護神──神農大帝(又稱五穀王、五谷仙爺等)，每年元宵都有新嫁娘「摸柑」活動，農曆四月廿六日仙爺聖誕廟會，信眾膜拜，萬人空巷。

　　看牛郎：趕牛的孩子。

　　起學堂(台音唸tng5)：興建校舍。

　　褪(台音唸thng3)草鞋：脫掉草鞋。

　　浮浪狂：背離禮教、形骸放蕩不拘之意。

　　予(台音唸hou7)伊：讓他…。

　　頭殼悾悾(台音唸khong)：頭腦變成呆笨。

　　毋(台音唸m7)願講：不願講。

　　嫌爸散(台音唸san3)嫌母傖(台音唸song5，暫借字)：嫌父親貧窮，嫌母親俗氣。台諺：「兒不嫌母醜，狗不嫌家貧」演繹。

　　陳厝寮(乾隆年間，漳州墾戶陳得意入墾結庄而得名。目前是中正大學基盤所在地)土戇土戇(台音唸gong7)：陳厝寮這個名字土裡土氣。

　　敢(台音唸kam2)講：難道、莫非之意。

【沈默之聲】
白浪來了

六月風、溫純純，
小飛鳥、來訪問。
海眠床、跳滾滾，
鬼頭刀，來滅門。

■

月娘光、霧茫茫，
雅美船、婿噹噹：
蘭嶼兄、一二人，
划啊划、出漁港。
起火把、照希望，
請飛魚、入船籠。
等啊等、望啊望：
頭前湧、浮白浪，
今年又閣是歹海冬。
阿里棒棒、阿里棒棒……

■

電火光、刺茫茫，
歹海冬、怪白浪：
漢頭家、倩漁工，
機動船、流刺網。
紡啊紡、無早晏，
大細隻、毋願放。
扒啊扒、網啊網：
鋪草蓆、劫魚卵，
海資源搶到無半項。
魚也空空、夢也空空……

【沈默曰】「討海技術，保海藝術。」蘭嶼達悟族生息的海域，近來面臨漢漁民挾優勢資金設備壓境大撈，並放置草蓆誘取飛魚卵，竭澤而漁的結果，不僅將使得海資源斷送，由海洋生活、祭典等組成的達悟族飛魚文化更將瓦解。蘭嶼為台灣海洋文化的瑰寶，此一櫥窗若是難保，海洋國家還剩什麼？

(刊於2005年6月27日自由時報自由廣場)

音義注

白浪（pai9-lang2，本處以華語唸）：音如台語「歹人」，爲原住民對外來掠奪者──漢人的鄙稱。

飛烏：指飛魚。

訪問（台音唸bun7）、滅門（台音唸bun5）：問、門二字皆以文讀音唸。

鬼頭刀：專吃飛魚的魚，喻漢漁民對達悟人的經濟、文化掠奪。

霧茫茫（台音唸bang5）：朦朦朧朧的樣子。

划（台音唸ko3，暫借字）啊划：划啊划。

頭前湧（台音唸eng2）：前方掀起大浪頭。

浮白浪：浮出白色巨浪。也喻漢人（歹人）的機械船出現了。

歹海冬：抓不到魚的季節。另，平地人種田歉收，叫做歹年冬。

阿里棒棒（a-li-bang-bang）：達悟族語，指飛魚。

流刺網：海上捕撈用的漁網，漁網的孔隙（網目）很小，因此大魚小魚可一次撈光光，爲對海洋生態趕盡殺絕的一種捕撈方式。

紡（台音唸phang2）啊紡：搖動流刺網架。

【沈默之聲】
阿順伯祈願文
——「九二一地動」災區追想

一九九九年，

九二一彼一暝：

土牛劫、

天倫碎。

家園破、

骨肉離。

救護車來去去、

斷腸人哮啼啼。

帆布寮仔搭規片，

災民怨氣射流星。

阿順伯驚袂止，

三炷香來怨天：

「天公伯仔愛保庇，

保庇厝內大細無代誌！」

■

二〇〇〇年，
九二一隔轉年：
舊日頭、
新世紀。
組合厝、
崁哀悲。
音樂會熱熾熾、
司公經夜夜啼。
有人歡喜迎千禧、
有人傷心做對年。
阿順伯吐心氣，
三炷香來問天：
「天公伯仔請保庇，
保庇親情朋友攏順勢。」
■

二〇〇一年，
九二一第二年：
大傷口、
小結疤。
捶心疼，
漸袂記。
你疊磚我縛鐵，

舊社區重出世。
鋪橋造路灌水泥，
重建工事當開始。
阿順伯汗水滴，
三炷香來求天：
「天公伯仔鬥保庇，
保庇庄頭庄尾東山起！」
　　　■

二〇〇二年，
九二一三週年：
八仙彩、
紅記記。
中秋月、
黃圓圓。
拆危樓碎地基，
住新厝浮紅圓。
好運入來歹運去，
佗位跋倒佗位起。
阿順伯真安慰，
三炷香來祭天：
「天公伯仔有保庇，
保庇災區百姓樂安居！」

■

二〇〇三年，

九二一滿四年：

重自然、

敬地理。

想咱人，

要謙卑。

大地動是天意，

蕃薯囝縛作堆。

同船同命同危機，

仝生仝淀仝福氣。

阿順伯大覺醒，

三炷香來謝天：

「天公伯仔會保庇，

保庇台灣國家萬萬年！」

（刊於2004年1月5日自由時報自由副刊）

祈願文：馨香禱告之詞。台語稱祈禱爲祈願。

地動：指地震。

土牛劫：土牛翻身帶來大地震劫難。

斷腸（台音唸tshiang5）人（台音唸jin5）：傷心欲絕之人，此處指災

民或地震罹難者家屬。

帆布寮仔搭規片(phiN3)：帳篷搭得處處都是。帆布寮仔，指躲避地震的克難帳篷。

驚袂(台音唸be7)止：天災驚嚇、餘悸猶存之意。

三炷(台音唸thiau7)香：三支香。

隔轉(台音唸tng2)年：隔一年。

做對年：為亡者超渡，紀念逝世滿週年。對年之後，喪家才能「轉紅」，掃除陰靈、解除禁忌，才得以回歸正常生活。

熱熾熾(台音唸tshih)：很熱絡的樣子。

司(台音唸sai)公經：烏頭法師唸經，以便超渡亡靈。

迎千禧(台音唸hi)：迎接二○○○千禧年。當年，全世界各地，包括台灣都有跨世紀的慶祝活動。

吐(台音唸thou2)心氣：嘆氣。道教信仰認為凡人吐出的冤(怨氣)，將直沖九重天，天神將立刻知曉。

攏順勢：全都順利、成功。

小結疕(台音唸phi2)：傷口癒合，稍微結疤了。

捶心疼：錐心之痛。

鬥(台音唸tau3)保庇：幫忙保佑。

八仙彩：掛在門廳上，慶祝新居落成的長方形喜幛，上面因繡有八仙過海的故事而得名。

中秋月：二○○二年的九二一，正好是農曆中秋節。

硿(台音唸khong7)地基：以水泥鋼筋等建材打下地基，以便建造新屋。

佗(台音唸toh，暫借字)位跋(poah8)倒佗位起：哪裡跌倒哪裡爬起。

蕃薯囝(台音唸kiaN2)：蕃薯仔子孫後代，指島上的台灣人。

仝(台音唸kang5)生仝湠(台音唸thoaN3)：一起生息、繁榮，喻命運共同體。

同（台音唸tang5）船同命同危機：同舟共濟之意。

　　※一九九九年九月二十一日凌晨一時四十七分，台灣發生規模7.3的大地震，震央在日月潭西方，此一地震重創中部地區，造成全國2488人死亡、失蹤，一萬一千餘人輕重傷，十多萬房屋全倒、半倒的慘劇。透過民間與政府攜手努力，五年後，才得以浴火重生、重建完成。本詩各段內出現的「怨天」、「問天」、「求天」、「祭天」、「謝天」，為災難發生後，災民「敬天」信仰的階段性轉折。而隨著社區重建的試煉，災民的愛亦年年提升，由厝內、親戚、庄頭、災區，一直演變到對「台灣國家」的大愛。

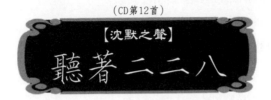

（CD第12首）
【沈默之聲】
聽著二二八

少年的時陣：
軍車拖大砲、
戰車隆隆走，
一台一台駛過阮的庄仔頭。
無張持聽著二二八屠殺，
以及島內紅色大清掃，
漢學仔先生知死毋知走，
半暝開門，一去無回頭，
癡情的愛人，等伊等到老。
大人講：丁亥年是豬夯灶……
——彼當時，阮將屠殺當土虱，
憒憒懂懂，毋知通好哭。
■

青年的時陣：
民主風透透、

春雷陣陣吼，
冤親債主飛過禁冊的頂頭。
阮撥開鹿窟山尾的墓草，
烏牛欄以及天馬茶樓，
一步步走揣歷史風火頭。
毋願執政黨殺人攔滅口，
毋願阿山仔食咱蕃薯夠夠，
阮牽白布條仔抗議扴石頭……
——彼當時，阮怨氣衝入心頭，
青青狂狂，無閒通好哭。
　　　　■

中年的時陣：
死貓吊樹頭、
死狗放水流，
統派媒體一工到暗咧洗腦。
國民黨輕聲好語來掌頭，
講二二八是天大誤會，
叫阮凡事看前毋通看後，
寬容原諒，自然免厚操。
講和平日上好行春放風吹，
悲情放遠遠，毋通掛心頭……
——這當時，阮歷史鑽入鼻頭，

酸酸冷冷，雄雄想欲哭。

（刊於2006年2月25日自由時報自由廣場）

 音義注

無張持：不小心、無意中。

紅色大清掃：指五〇年代掃除赤色份子(左派)掀起的清鄉運動。

漢學仔先生：私塾老師。

知死不知走：台灣俗諺：「牛，知死不知走。豬，知走不知死。」形容牛戀家、忠誠的靈性，明知大限將至，仍不願逃脫。此處喻漢學私塾老師對「祖國」政府的信賴與憧憬，但結局仍是約談後「一去不回頭」。

豬夯(台音唸gia5)灶：爆發二二八事件的1947年，歲次丁亥，生肖屬豬。

屠(台音唸tou5)殺：台語與「土虱」諧音。

毋(台音唸m7)通：不要。

禁冊：禁書。

鹿窟、烏牛欄、天馬茶樓(房)：二二八大屠殺、肅清運動的遺跡。

歷史風火頭：指爆發歷史事件的最源頭。

阿山仔：原指早期自唐山來的移民，此處指在台灣的外省統治階級。

扰(台音唸tim3)石頭：丟擲石頭。

掌(台音唸so)頭：摸頭。

行春：踏春之意。

風吹：指風箏。

雄雄：突然之意。

〈聽著二二八〉 067

（CD第13首）

【沈默之聲】

台灣小藥鼠

嘰嘰嘰……

台灣小藥鼠。

身軀膨圓膨圓，

目睭近視近視，

冊包掛輪仔讀書去。

放學趕場、補習班補元氣：

拜一二補才藝、

拜三四ＡＢＣ、

拜五六補數學、

拜七無閒作夢咧補眠。

——進補進補、補到大氣喘袂離。

■

嘰嘰嘰……

台灣小藥鼠。

建構多元凌遲，

好也試歹也試，

算術毋管三七二一。

一綱多本、參考書疊上天；

考紙劃來劃去、

政策改來改去、

射針注來注去、

烏青烏青科場逐明星。

——考試考試、文昌帝君鬥保庇。

■

嘰嘰嘰……嘰嘰嘰……

大人有啥麼毒，

小藥鼠就有啥麼病！

【沈默曰】「教改若月娘，初一十五無全樣。」2005年國中基測登場，首度援用一綱多本的32萬教改白老鼠（俗稱「藥鼠」），被推上戰場。這批一九九〇年出生的世代，在十年教改中，歷九年一貫課程改版（建構式數學）、國小教科書多元版本、母語、英文教學及不再獨尊建構數學等的反覆實驗，飽受折騰，也造成教師茫然、家長恐慌、補教業大發利市的結局。而上了高一，這群宿命的白老鼠仍將不快樂，因為第一屆新課程試煉才剛開始。

（刊於2005年5月29日自由時報自由廣場）

音義注

小藥鼠：原為醫藥界實驗用的小白老鼠，此處專指教改新制下，適用第一屆九年一貫課程的32萬名被實驗的學生。

膨（台音唸phong3）圓：胖胖圓圓。

咧（台音唸leh）補眠：在補充睡眠。

喘袂（台音唸be7，暫借字）離：喘不過氣來。

凌遲：原意為酷刑，此處比喻為折磨。

毋管三七二一：暗諷教改建構式數學反對背誦的「九九乘法」。如今，在社會壓力下，學生又回頭必須學習九九乘法了，建構式數學只是教改花園裡的曇花一現。

烏青烏青：形容皮肉因頻頻打針注射而呈現瘀青狀態。

逐明星：指追逐明星高中。此一現象與教改理想完全背道而馳。

文昌帝君：道教中主掌考運之神，農曆二月三日誕辰日，善男信女常帶著蔥、芹菜、蒜及桂花到文昌殿祭拜，祈求賜予子女聰明（蔥）、勤學（芹菜）、精於算計（蒜），以及貴氣（桂花）。而每逢考季，不少學子亦會將准考證擺滿神案，祈求金榜題名。

大人有啥麼（台音唸mih，暫借字）毒：大人們心中有什麼毒素。暗指台灣家長們「萬般皆下品，唯有讀書高」的封建、科舉遺毒。

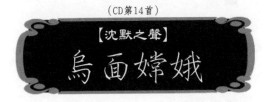

（CD第14首）

【沈默之聲】
烏面嫦娥

八月半、火燒島，
茫煙散霧天烏烏……
■
八月半、熱發爐，
有燒香、有補助。
台灣人敬神成本落眞粗：
土地公拐插田路、
有人廳頭拜公祖，
誠意衝到三四百度，
金銀財寶一燒規倉庫。
紙錢謝無夠、
砲仔煙火射來鬥，
磅到天頂開花爛糊糊，
昏昏鬧鬧、歡喜就好。
管待地球生命咧拖土，

明載天公穩當落酸雨……
■

八月半、小圍爐，
五臟廟、大普渡。
台灣人烘肉架仔燻規路：
醃腸雞腿頂面鋪、
香菇番麥食起毛，
沙茶醬料薟椒酸醋，
月娘光光抹油摻味素。
草蝦紅酥酥，
蚶仔烘到舌吐吐，
油湯點點滴滴落炭篐，
煙霧四起、嗶嗶剝剝。
管待嫦娥娘娘叫艱苦，
燻到花容變色面反烏……

（刊於2005年9月19日自由時報自由廣場）

音義注

　　烏面嫦娥：即黑面嫦娥。喻月娘因台灣人在中秋製造污染而蒙塵，臉孔被燻黑了。
　　火燒島（台音唸to2）：原指綠島，本處特指台灣島八月十五土地公得道日及中秋節，全台金爐、烤肉爐大發燒的景況。

土地公拐：農曆八月十五，道教信徒以竹竿綁福金，答謝福德正
神（土地公）。

拜公祖：祭祖先。

規倉庫：整個倉庫。

磅（台音唸pong7）到天頂開花：炸到天體開花。

烘（台音唸hang）肉架：烤肉架。

醃腸（台音唸tshiang5）：香腸。

食（台音唸tsiah8，暫借字）起毛：吃爽的。起毛為日語譯音。

管待（台音唸thai7）：莫管。

炭箍（台音唸khou）：木炭。

嫦娥娘娘：原指廣寒宮主，又稱太陰娘娘，台灣人稱之為「月
娘」。

另，本詩批判台灣民俗中，違反環保的燒金紙及一窩蜂的中秋烤
肉文化。

【沈默之聲】
樂生是阮兜
——獻予捍衛家園的抗癩鬥士

丹鳳山，風透透。

想起四、五十冬前，

予人押入生份地頭，

營區內，毋是剁手斷腳、

就是青瞑爛耳兼臭頭。

指導人員、鐵面歹聲嗽，

親情朋友、無人來行到。

阮怨怨嘆嘆啼啼哭哭：

有人日時想袂開去吊脰、

有人半暝緊逃走。

■

丹鳳山，熱透透。

經過四、五十冬後，

相扶相挺全鼎全灶，

營區內，變做社會庄頭、

有人飼雞有人掘茭溝。
楓仔樹頂、秋蟬唧唧哮，
茄苳樹腳、閒人咧破豆。
阮苦苦甘甘吵吵鬧鬧：
送過一粒擱一粒的日頭，
這是阮溫暖的兜。

■

新莊中正路794號…
自少年住到老、
樂生是永永遠遠的兜。
──啥麼人攏免想欲叫阮搬走。

【沈默曰】「一日徙栽，三日徛黃。」由於台北捷運機廠施工，座落於新莊丹鳳山、創建於1930年日治時期、已有74年歷史的台灣唯一公共醫療建築──樂生療養院，將被怪手剷平。院內三百多位痲瘋（癩病）病患，經集中營隔離、汙名化後，仍無法終老於此，被迫挺身保衛家園。標榜弱勢出頭天的台北縣政府，若膽敢強制遷移，讓老人抑鬱以終，勢將付出慘重代價。

(刊於2005年7月11日自由時報自由廣場)

阮(台音唸gun2/goan2)兜(台音唸tau)：我家。

丹鳳山：樂生位於台北縣新莊丹鳳山上。

予(台音唸hou7)人：給人。

生份：陌生、生疏。

青暝(台音唸mi5)：視障。

親情(台音唸tsiaN5)：親戚。

歹聲嗽：沒有好語氣。

無人來行(台音唸kiaN5)到：沒有人來走動、探視。

吊脰(台音唸tau7)：自縊，上吊尋短之意。

仝鼎仝灶：吃大鍋飯。

楓(台音唸png)仔樹：楓香的俗名。

唧唧(台音唸ki)哮(台音唸hau2)：蟬聲唧唧。

咧(台音唸leh)破(台音唸pho3)豆：聊天之意。

新莊中正路794號：樂生的地址門牌。

啥麼(台音唸mih，暫借字)人：無論什麼人。

免想欲(beh)：別想、甭想之意。

霧鎖台江

【沈默之聲】

阿督仔開保全

一支鼻翹懸懸、
兩蕊目睭溜溜轉……

■

阿督仔！阿督仔！
阿督仔開保全，
飛天鑽地護台灣。
保單薄薄貴蔘蔘，
有錢買平安、
無錢袂平安。
軍火鼓吹加減趁，
飛機、砲彈、鑽水艦、
戰車嘛是新新款，
在人揀、在人選。
趁無夠、畫符仔來唬讕：
保庇恁國泰民安、

保庇恁傾家破產。

■

阿督仔！阿督仔！
阿督仔開保全，
飛天鑽地唬台灣。
鐵甲衫、穿三層，
腳手緊、反應讚。
看著賊仔——
拳頭捽咧：喝打喝暫……
看著土匪——
腳底抹油：ㄙ——ㄨ——ㄢ——旋……

【沈默曰】「靠山山崩、靠籬籬倒、靠家己上介好。」二○○四年總統大選後，美國更積極介入我方的中國政策，連宋登陸亦見背後黑手，靠著軍火販子與特別關係法撐起的台美關係危如累卵。自一九七九年起，台灣已歷中美建交、聯合公報、對台三不等美國三度賣台的重傷害，若再執迷不悟、不思自立自強，只以緊抱美國大腿為業，另一次的大出賣來臨時，恐將萬劫不復、為時已晚。

（刊於2005年4月24日自由時報自由廣場）

音義注

阿督(台音唸tok，暫借字)仔：原指鼻子翹翹的西洋人，此處專指美國人。

　　開保全：開設保全公司。意指美國以世界警察自居，並透過軍火販子向被保護國販售軍火武器牟利。

　　翹懸懸(台音唸koan5-koan5)：高高翹起。

　　目睭溜溜轉：眼睛狡猾地不停打轉著。

　　飛天鑽地：原指上天入地、無所不能，此處有膨風、吹噓能力之意。

　　貴蔘蔘(台音唸sam-sam)：貴如人蔘。

　　鑽水艦：潛水艇。

　　唬讕(台音唸lan7)：吹牛、鬼扯之意。

　　唬(台音唸hou2)台灣：誆騙台灣人。與「護台灣」諧音對應。

　　袂(台音唸be7)：不。

　　掟(台音唸teN7，與「鄭」字台音同，借字)咧：握著。

　　喝(台音唸hoah)打喝噆(台音唸tsam3)：喊打喊踩。

　　旋(台音唸soan，暫借字)：逃脫之意。「ㄙㄨㄢ旋」故意分成四個音節唸：「ㄙ——ㄨ——ㄢ——旋」：乃藉聲音組合的趣味，來形容腳底抹油、逃脫的慢動作。

（CD第17首）

【沈默之聲】

羞羞羞

柯林頓，

羞！羞！羞！

■

做總統，袂曉想。

溜瞅瞅，若鰗鰡：

瞞上帝，騙牽手。

揣幼齒，偷出牆。

辦公室，開房間。

挽桃花，學風流。

（我咒誓絕對無佮伊發生性關係……）

■

柯林頓，

羞！羞！羞！

■

做百姓，袂曉修。

溜瞅瞅，靠目睭：

中國撈，台灣泅。

賣蕃薯，啉紅酒。

彼爿食，這爿收。

勸兩岸，愛交流。

（台灣前途由兩岸中國人來決定……）

■

羞啊──

羞！羞！羞！

【沈默曰】自一九七八年台美斷交之後，台灣便不斷地邀訪
美國卸任總統或失意政客，一方面，我方藉著這些政客的走
訪，突破一些自欺欺人的外交孤立，另一方面，政客們也樂於
以民間身分，左右開弓，在灰色地帶進行募款與淘金的工作。
這其中，以柯林頓的爭議最大，而且一直不斷。本詩括弧內的
第一句引語，為柯林頓與白宮實習生柳文思基緋聞案爆發後，
對媒體編造的「美術話」，但最終仍被戳破。第二句為柯某2005
年二月廿七日亞洲之行，經中國香港、日本，順道訪台北時，
接受朝野熱情款待，抱走近千萬元演講費後，送給台灣的一句
「寶貴贈言」。可悲的是，我國外交當局對此一殺傷力強烈的公
然謬論，竟然毫無感覺，莫非早已默認了。

（刊於2005年10月17日自由時報自由廣場）

音義注

袂（台音唸be7，暫借字）曉：不會、不懂之意。

溜瞅瞅（台音唸tshiu），若鰗鰡（台音唸hou5-liu）：像泥鰍般的精明、滑溜。

幼齒：原指幼稚、細嫩的東西，此處指情竇初開的少女。

挽（台音唸ban2）桃花：摘桃花，指惹上風流緋聞。

咒誓（台音唸tsiu3-tsoa7）：發誓。

中國撈（台音唸lo）：到中國騙吃騙喝。

賣蕃薯：意為出賣台灣主權。蕃薯為台灣島國的圖騰。

（CD第18首）

【沈默之聲】

頭家萬歲

南洋風、吹厝宅。

台灣人翹腳做頭家，

等人奉茶、等人點薰吹，

外傭當做是女婢。

揉輪椅換尿帕，

負責看老兼顧細，

錄影監視、禁止講電話，

剝削虐待、約會嘛管制。

客廳加工、加減鬥做，

廿四點鐘，無閒到做狗爬：

南國女兒，目屎藏落棉被底。

■

南洋風、吹工地。

台灣人錢濟若老爸，

中人抽稅、食肉兼吸血，

外勞當做新奴隸。

叫伊做牛做馬，

灌水泥、搭鷹架。

收工歇睏、工寮隘細細，

三、四百人擠擠作一夥。

日常用品、孤行獨賣，

管理人員，為錢食人過過：

南國男兒，一隻牛起數領皮。

■

台灣頭家萬萬歲！

台灣國運慢慢仔衰！

【沈默曰】高雄捷運爆發台灣有史以來最大的外勞抗議事件，新聞揭開悲慘黑幕：軍事化高壓管理，六十坪工寮擠數百人，彷彿當年美洲黑奴船重現。此一事件，讓台灣人權重傷，不只掀起政壇惡鬥，也暴露了外勞(含外傭)仲介、管理如血蛭般的層層凌虐剝削。台灣人年所得一萬三千美元，早已躋身富裕之林，但若仍將當年受虐受苦經驗強加於新移工，心態依舊是赤貧、可憐的。

(刊於2005年8月29日自由時報自由廣場)

音義注

厝宅(台音唸theh8)：指住家。

頭家：指老闆、雇主。

薰(台音唸hun)吹：煙斗。

尿帕(台音唸phe3)：尿布也。

搝(sak，暫借字)輪椅：推輪椅。

嘛(台音唸ma7)管制：也要管制。

南國女兒：指南洋來的女傭。

隘(台音唸eh8)細細：形容地方窄小。

孤行(台音唸hang5)獨賣：指外勞福利社獨家專賣。

南國男兒：指南洋籍的外勞。

【沈默之聲】
阿細仔孤兒

烏甕串、海上飛。

釣魚船、放緄仔去，

釣啊釣——閃出大鯊魚……

■

東海湧、湧連天。

桃太郎、歹死死：

食魚無呸刺、

食桃仔無吐籽。

佔公海、若賊匪，

褪褲圍界址，

掠人扣船、大魚追殺小魚。

討海仔兄，水已經淹著鼻：

毋願做亞細亞孤兒，

發動連環船拚命來出氣！

■

東海湧、湧衝天。
扁政府、驚死死：
外交驚代誌、
蕃薯變軟柿。
阿兵哥、驚曝日，
一堆若麻薯，
講著護漁、未戰先夯白旗。
討海仔兒，無人疼無人衛：
毋願做阿細仔孤兒，
看破就掛大支的五星旗！

【沈默曰】「五月雷吼，割綟仔走。」在黑鮪魚（俗名烏甕串）商機驅使下，台灣漁民頻頻衝撞東海漁場，最近，又在重疊海域與日方槓上，情勢緊張。事發後，我方政府只想息事寧人，國防部強調「國軍打不過日本」，不想護漁，海巡署、涉外單位亦消極軟弱，在漁民揚言「改掛五星旗」向中國求助之後，才趨積極。如此「海洋國家」的政府，怎不令人喟嘆？

(刊於2005年6月20日自由時報自由廣場)

音義注

阿細仔(台音唸a)：與「亞細亞」諧音，喻淪為仰人鼻息的小弟。

烏鬢串（台音唸tshng3）、海上飛（台音唸hui）：黑鮪魚，在海上跳來躍去。

　　釣魚船：專門從事海釣的近海或遠洋捕魚船。

　　放緄（台音唸kun2）仔：指延繩海釣作業。緄仔：為拖長線放餌的捕鮪漁具。

　　桃太郎：喻日本國。

　　食（台音唸tsiah8）魚無呸（phui3）刺：吃魚不吐骨頭。形容一個人壓霸、蠻橫。

　　褪（台音唸thng3）褲圍界址：脫下褲子充當搶占地界的量尺。台灣人形容不知量力者又想搶占地盤者，如：「好膽，褪褲來圍⋯」等等。

　　掠（台音唸liah8）人：抓人。

　　夯（台音唸gia5）白旗：舉白旗。

　　五星旗：中華人民共和國的國旗。

　　五月雷吼（台音唸hau2），割緄仔走：為澎湖漁業諺語。謂農曆五月從事海釣放緄仔，若聽到海上雷鳴，必有不測風雲，應該趕快收網返航。

【沈默之聲】
全球風飛砂

地球村、門無門，

外國雞、飛上山，

生雞卵無，放雞屎一大拖。

■

全球化、風飛砂，

資本家、世界大：

世貿桌頂、紅酒斟滿滿，

杯杯若血、利益相交換。

會場之外，陣陣國際歌，

石頭木棍、大戰催淚彈。

科技第一、做田嘛愛機械化，

關稅補貼、保護圍牆拆拆破。

上介可憐是小農國家：

開門鎖國、攏是皮皮掣，

禽流空襲、病毒四界湠。

(鴨，死了了啦！
作穡人想做牛又攔無犁拖……）

■

全球化、風飛砂，
麥當勞、恁阿爸：
少年囡仔、無米卡快活，
ＡＢＣＤ、歡喜國際化。
歐美主流、月娘圓攔大，
蓬萊本島、漸漸邊緣化。
田莊伯仔、鋤頭洗洗倉庫掛，
黃連樹腳、無米樂唱攏未煞。
無人關心台灣起變化：
蕃薯落土、浸水直直爛，
在地文化、準備扛出山。
（啊，去了了啦！
本土人士變做是七月半鴨……）

（刊於2005年12月17日自由時報自由廣場）

門無閂（台音唸tshoaN3）：門戶未關之意。
一大拖（台音唸thoa）：一大堆。

世貿桌頂：指世界貿易組織(WTO)會議談判桌。

斟(台音thin5，暫借字)滿滿：盛得滿滿。

國際歌：國際社會主義著名歌曲，呼喚弱勢階級反抗出頭天。

嘛愛(台音唸ai3)：也要。

皮皮掣(台音唸tshoah)：渾身顫抖的樣子。

「啊，去了了啦！」：絕望驚嘆詞，「啊」與「鴨」字，台語同音對應。

麥當勞(McDonald's)：以華語直接發音。

出山：指出殯。

黃連(台音唸ng5-ni5)：指黃連木。

※本詩敍述全球化下台灣面臨全面邊緣化、淘空化的危機。

【沈默之聲】
年兜祈願

一炷香、透三清，
新年兜、來反省，
祈求聖壽無疆眾神明，
天靈靈啊地靈靈⋯⋯

■

第一祈願國際和平：
風雨順、無事情，
免冤家、免戰爭，
天災瘟疫烏雲散無形，
意見袂合，會議室開房間，
喙舌溝通、毋免買銃，
軍火工場倒到無半間。
國對國、和氣開太平，
台海地界無風無湧，
台灣中國、隨人顧隨爿。

■

第二祈願朝野理性：
有競爭、無鬥爭，
藍綠黨、相尊敬，
執政黨拚經濟顧民生，
國家主權，心頭意志堅定，
在野黨反對毋通反形，
毋通勾結外鬼做內應。
手牽手、愛同船仝心，
本土意識排咧頭前，
台灣釘根、才有好光景。

■

第三祈願社會安定：
百行業，萬事興，
田庄伯，好收成，
勞動兄弟輕鬆飼家庭，
生理頭家，趁錢滿厝間，
老大人健保卡毋免用，
讀冊囡仔快樂擱聰明。
諞仙仔、強盜攏絕種，
辛苦病疼、憂鬱症，
一切一切、攏總袂發生。

(刊於2006年1月1日自由時報自由廣場)

音義注

年兜（台音tau）祈願：年終祈禱。祈禱，台語通稱「祈願」。

一炷（台音唸thiau7）：一支香。

三清：道教中的玉清、太清、上清宮，泛指天界仙境。

毋（台音唸m7）免買銃（台音唸tsheng3，或寫爲「槍」字）：不必動干戈。

隨人顧隨爿（台音唸peng5）：各管各的。即台灣、中國，一邊一國也。

反對毋（台音唸m7，暫借字）通反形：意指可以反對，但不要變款、離經叛道。

同（台音唸tang5）船仝（kang7）心：同舟共濟。

諞（台音唸pian2）仙仔攏絕種：騙徒都絕跡。

袂（台音唸be7，暫借字）發生：不會發生。

亂都魅影

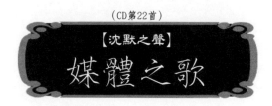

（CD第22首）

【沈默之聲】
媒體之歌

媒體歌，亂拖沙。

烏心報寡、愛心做寡……

這邊阿婆抾字紙，

彼邊阿妹粉紅色的八卦。

ＳＮＧ衛星連線，

跳樓、自殺報你看。

腳尾飯排一碗，

欠主角，記者家己搬。

臭酸新聞、飼你飼我，

廿四點鐘大空襲：

予咱掠狂、予咱頭殼爆炸。

■

媒體歌，枵飽吵。

大水報寡、嗽水倒寡……

透風落雨從頭罵，

國泰民安全款欲揪後腳。

灌水膨風搶獨家，

虱母、歕到水牛大。

廣告自賣自誇，

假新聞，偷渡來代打。

政治評論、弄狗相咬，

專家喙箭毒過蛇：

唱衰政府、唱衰咱的國家。

■

媒體歌，唱袂煞。

好心報歹、歹心報寡⋯⋯

【沈默曰】2005年，六年一科的有線電視頻道換照審查，各個頻道業者莫不繃緊神經，論者紛紛以政府之手伸進媒體大作文章，筆者卻認為，有線電視自九○年代中崛起後，挾著自由與民粹興風作浪，變成噬血的商業怪獸，早已成為台灣第一亂源。身為社會公器，媒體不能只享權利，不盡社會責任，因此，在自律無法落實時，適度的他律仍是必要之惡。

（刊於2005年8月8日自由時報自由廣場）

音義注

亂拖沙：灌水、爛戲拖棚之意。

抾（台音唸khioh）字紙：從事資源回收，撿破爛。

報寡（台音唸koa0）：報一些。

枵（台音唸iau）飽吵：肚子餓了或撐了都要鬧，形容無所不鬧。枵，指肚子空虛受餓。

歕（台音唸pun5）：吹噓。

【沈默之聲】
咱無阿彌陀

南無阿彌陀……
生理虎、笑呵呵，
半拐撈、半強盜：
豬皮當燕窩、
漚梨仔準蘋果。
過期涼水食品，
改頭換面、桃花過渡。
有機青菜水果，
農藥卡多、參考參考。
破病豬提來做肉酥，
食死別人、趁死貧道。
——現金上好、台灣良心烏烏濁濁。

■

北無阿彌陀……
生理鬼、陰唻唻，

騙客戶、騙佛祖：
餐廳燒絡絡、
烏心菜捧上桌。
二手電視改組，
借殼還魂、有牌有號。
烏心膨床再造，
被單掩崁、無煩無惱。
夭壽素食賣予尼姑，
害人破戒、害人開腥。
——有錢上好、台灣精神昏昏倒倒。

■

咱無阿彌陀……

【沈默曰】「生理虎，奸鬼鬼。一粒心，若秤錘。」台灣自出現黑心素食、病死豬、電視、蔬果、彈簧床（膨床）、食鹽、奶粉、機油等等之後，最近幾年又多了黑心燕窩及烏心菜，為黑心共和國又添記錄。這是個搶錢、跑短線的社會，台灣商道已因拜金主義崩盤，「信義」兩字蒙塵，更令人不解的是，在撥響算盤的當兒，曾經「舉頭三尺有神明」的古意台灣人，都到哪去了？

（刊於2005年6月5日自由時報自由廣場）

音義注

南無阿(台音唸o)彌陀：南方沒有「阿彌陀」。

笑呵呵(台音唸ho)：笑嘻嘻。

漚(台音唸au3，物品受潮而腐爛、變質)梨仔準蘋果：劣等梨子混充蘋果。

涼水：指飲料、冰品。

桃花過渡：指偷天換日。

肉酥(台音唸sou)：肉鬆。

食(台音唸tsiah8，暫借字)死別人(客戶)：吃死別人。

貧道：意指自我。

北無阿彌陀：北方沒有「阿彌陀」。

燒絡絡(lo7)：生意熱絡、熱火朝天。

烏心菜：黑心菜，如觀光區以老母豬混充山豬肉等等類似掛羊頭賣狗肉的勾當。

掩崁(台音唸am-kham3)：掩飾、矇混。

天壽素食：泛指不夠精純(帶葷)的素食食品。

開臊(台音唸tsho)：開葷。

咱(台音唸lan2)無阿彌陀：我們大家心中都沒有「阿彌陀」。意指宗教信仰式微、神佛退位，生意人利益薰心，鐵石心腸，不怕天打雷劈了。

（CD第24首）

【沈默之聲】

野球飛啊飛

日頭出，後山後。

赤腳囡仔、鼻水貢貢流：

削竹棍、撿石頭，

溪仔埔、咧出操。

穿新鞋、過鹹水，

球場出草、日本哞哞吼。

台灣野球飛啊飛……

飛入咱逐家的心頭。

■

日中央，正中晝。

中華國手、汗水喵喵流：

拚命打、認真投，

三冠王、攏總包。

世界盃、掃透透，

金光閃閃、轉來遊街頭。

台灣野球飛啊飛……
飛入地球村的庄頭。

■

日斜西，照酒樓。
職棒球員、未唺軟毅毅：
清采打、烏白投，
放水球、看組頭。
芳名聲、舞臭臭，
予人幹譙、予人目屎流。
台灣野球飛啊飛……
飛入陰冷冷的山頭。

【沈默曰】「起厝百工，敗家一工。」一九六八年，台東紅葉村布農族小孩撿石爲球、削竹爲棒，克難操兵，打敗日本隊，讓國球一炮而紅，復經三冠王洗禮，棒運如日中天。一九九○年職棒順勢成軍，六年後黑鷹事件(捲入簽賭、打放水球，以「時報鷹」隊爲主)爆發，數十球員被收押，形象大傷，後雖調整步伐站起來，詎料，二○○五年七月又傳弊案，部份球員涉嫌與組頭掛鉤，又大打放水球。台灣棒運基業是否從此拖垮，就看職棒球迷是否嚇跑了沒？

(刊於2005年8月1日自由時報自由廣場)

音義注

野球：即棒球。

後山後：後山的更偏遠荒山地帶，指紅葉少棒發跡的台東縣延平鄉。

赤腳囡仔（台音唸gin2-a2）：打赤腳的小孩。

摃（台音唸kong3）石頭：敲打石塊。

咧（台音唸leh）出操：在操練。

過鹹水：指出國（比賽）。

哞哞吼（台音唸mou3-mou3-hau2）：哀嚎聲。

逐（台音唸tak8）家：大家。

喢喢（台音唸tshop8-tshop8，暫借字）流：汗流涔涔。

日斜（台音唸tshia5）西：日頭西下，喻氣勢沉淪。

軟穀穀（台音唸kauh-kauh，暫借字）：軟趴趴之意。

清采（台音tshin3-tshai2）：指隨便、敷衍了事。

芳（台音唸phang）名聲：好名聲。

予（台音唸hou7）人幹譙（台音唸kan3-kiau7）：被人幹罵。

山頭：早期被視為濫葬崗，本詩喻生命終點處。

（CD第25首）

【沈默之聲】
風啊風

風啊風……雨啊雨……

害蟲過境、果茱爛糊糊，

青蔥一斤四五百箍，

做穡兄暢到舌吐吐，

蔥園倩工來保護。

出貨出無夠，

透暝點燈掘茱股。

茱籃族，買無茱唸規路：

怨嘆綠色執政變無步，

百姓民生、放予咧艱苦。

──民進黨一粒面烏烏烏。

■

風啊風……雨啊雨……

檢調出動、徛旗兼擂鼓，

囤貨炒作送看守所，

進口菜救駕在半途，
菜蟲抽腳緊走路。
批發冷落落，
蔥仔菜金變菜土。
做穡兄，發無財唸規晡：
可惡公務人員雞婆組，
三工好氣、政府也怨妒。
——民進黨一身軀土土土。

■

哄啊哄……唬啊唬………
生理虎醉到膨肚、
扁政府輸到褪褲。

　　【沈默曰】「蔥仔枝，嘛會挨（台音 e）倒人。」海棠颱風過
境，高枕北市無風無雨的中央政府以為狀況解除，無奈南部
地區紛傳慘重災情，百年僅見。除綠色票倉淹大水外，調控
機制慢半拍，也讓蔬果漲聲響起，其中青蔥由每斤數十元，
飆漲至四百五十元，更如天方夜譚，讓小市民（消費大眾）怨
嘆、咒罵不已。之後，執政者雖緊急護盤，但卻讓剛嚐甜頭
的農民又跌入痛苦深淵。此一得罪農民與市民的對策，兩面
不討好，也讓民進黨及中央政府嚐到當家作主的難處。

（刊於2005年7月25日自由時報自由廣場）

音義注

害蟲（台音唸hai7-thang5）：台語與華語颱風「海棠」同音。暗喻可惡的海棠颱風過境。

四五百摳（台音唸khou）：四、五百元。

做穡（台音唸sit）：種田。

咧（台音唸leh）：在。

徛（台音唸khia7，或寫為「企」字）旗：豎起紅旗迎戰。

囤（台音唸tun2）貨：商人積貨惜售，以便炒作、哄抬物價。

菜蟲：此處喻指炒作菜價的大盤、中盤商。

菜金變菜土：形容菜價由高處跌向低處，差別如黃金與糞土。

規晡（台音唸pou）：整個下午。

好氣（台音唸khui3）：指好運、氣勢當頭。

哄（台音唸hong7）啊哄、唬（台音唸hou2）啊唬：與「風啊風、雨啊雨」諧音相應。

生理虎：指奸商。

餲（台音唸sut）到膨（phong3）肚：吃到撐破肚皮。形容奸商吸血吸到極至。

褪（台音唸thng3）褲：脫褲。

【沈默之聲】

台灣鬼族

七月天、鬼門開，
老大公轉來認好兄弟。

■

台灣鬼、笑瞇瞇：
大頭鬼、坐大位。
政治鬼、愛選舉，
拜託支持！拜託支持！
工程鬼、包你死，
歪哥鬼、偷食錢。
風颱一掃、山崩兼地裂，
這爿淹水、彼爿欠水，
媒體鬼、趕場呸嘴水。
（水鬼、錢鬼、夭壽鬼……
台灣江山、毀毀崩崩去。）

■

台灣鬼、歡喜喜：

謅仔鬼、滿街市。

生理鬼、烏心肺，

趁錢第一！趁錢第一！

三八鬼、去減肥。

風流鬼、飼細姨。

囡仔小鬼、規工看電視，

等無爸爸、揣無媽咪，

關厝內、心驚哭啼啼。

（酒鬼、筊鬼、電動鬼……

台灣社會、臭臭爛爛去。）

【沈默曰】農曆七月，在燈篙高掛、水燈放流的普渡聲中，俗稱老大公或好兄弟的鬼族放暑假了。台灣超渡亡魂的習俗，源於早期瘟疫、械鬥造成無數先民犧牲，所進行犒賞無主魂的溫馨儀式，一個月後，鬼魂自然收假歸隊。但回顧當今社會的集體亂象，爭權奪利、色慾橫流，人際間我虞爾詐，無所不用其極，鬥爭全年不打烊。台灣恐怖眾生相，又與鬼域何異？

（刊於2005年8月15日自由時報自由廣場）

鬼族：台語與「貴族」諧音，喻台灣社會的沈迷與沉淪者一族。

老大公：民間對孤魂野鬼的尊稱。好兄弟，原指七月放暑假的鬼魂，本詩指台灣社會的敗類。老大公認好兄弟，有狐群狗黨、臭味相投之意。

包你死：形容包工程偷工減料，害死百姓蒼生。

媒體鬼呸（台音唸phui3）嘴水：電視談話性節目來賓噴口水。

諞（台音唸pian2）仔鬼：詐騙集團。

烏心肺：心肺很黑，指奸詐、缺德的生意人。

規工：整天。

筊（kiau2，暫借字）鬼：賭鬼。

電動鬼：沈迷電視、電腦遊樂器者。

【沈默之聲】
七月煞

七月煞、出怪颱，
泰利風颱生雙胎：
一個橫行壓霸掃落西、
一個招入後山做戇子婿。
　　　■

七月煞、夭壽怪：
風颱排列來朝拜。
桃園人、水桶排規排，
水庫門口、等水水毋來。
內山伯、一月驚三擺，
斷水停電、泡麵摻清菜。
海口嬸、水淹到肚臍，
神明公媽、請去厝頂拜。
官員講若欲治水防災，
八年八百億緊拿來。

（扁仔扁仔！你敢知？
綠色招牌掃到東倒西歪……）
■

七月煞、歹壽歹：
物價波動項項來。
健保局、歹鬼中頭彩，
保費二代、趁到爽歪歪。
加油站、半暝換新牌，
透風落雨、起價暗暗來。
牛肉麵、水果炒青菜，
搶錢運動、全民作伙來。
消保官假作一隻睏獅，
放予生理虎去發財。
（扁仔扁仔！你敢知？
執政機器已經裂到害害害……）

（刊於2005年9月5日自由時報自由廣場）

音義注

　　泰利：颱風名字，以華語發音。
　　排規排：排列成一整排。
　　個：台音唸e5。

清（台音唸tshin3）菜：剩菜。

八年八百億：2005年行政院規劃的各縣市治水防災預算，可惜遭在野立委杯葛，胎死腹中。

緊拿來（台音唸na2-lai0）：快快拿來。

敢（台音唸kam2）知：知道否？

七月煞（台音唸soah）：指農曆七月——鬼月大沖煞。2005年，該月自鬼門開（國曆八月五日起），陸續有馬莎（Matsa）、珊瑚（Sanvu）、泰利（Talim，後遇中央山脈阻隔，強颱裂解成雙胞胎，一個在東部打轉後消失，一個繼續在西部肆虐後回南出海）等颱風撲台，物價蠢蠢欲動、商人趁水打劫，健保二代匯率調升，也來湊熱鬧，可謂風不調雨不順、國不泰民不安的月份，故謂「七月煞」。

【沈默之聲】
治安符仔

扁政府、掌台灣，

賊仔土匪掠袂完，

一碗符仔水食平安。

■

拚治安，頭一層：

印指模、留檔案。

身分證、換新款，

請百姓、獻人權，

政府機關鼓吹大放送，

南北二路半嚇半宣傳。

保守學者出面劃虎讕，

講這是檢調警察的萬靈丹，

無頭公案、三、五工就破案，

若無這項、社會穩當爛慘慘！

——扁政府、紅頭司公總動員，

催符念咒愛台灣……

■

拚治安、動機讚：

印指模、留後患。

百姓家、歹勢反，

副總統、看袂慣，

講這是個人的隱私權，

祕密公開絕對有麻煩。

自由學者警告兼苦勸，

講毋通將農藥當作救命丹，

姑不而將、央請釋憲找法源，

大法官講：無法無源莫攪亂！

——扁政府、治安符仔飛飛去，

心肝又擱結規丸……

（刊於2005年10月1日自由時報自由廣場）

掠(台音唸liah8)袂(be7，暫借字)完：抓不完。

符仔水：由平安符火化後調製的水，信徒相信喝了會保平安。

頭一層(台音唸tsan5)：第一要務。

劃虎讕(台音唸lan7)：自吹自擂、自圓其說。

紅頭司公：道教中專門消災解運的法師。台灣道士分二種，烏頭

司公從事超渡亡魂的法術，紅頭司公專爲活人從事驅邪押煞、禳星補運的延生法術。

印指（台音唸tsi2）模（bou5）：採指紋也。

嚇（台音唸haN2）：恐嚇之意。

看袂（台音唸be7）慣：看不慣。

苦勸（台音唸khoan3）：苦口規勸。

毋（台音唸m7）通：不要。

姑不而將：迫不得已。

莫（台音唸mai3，「莫愛（ai）」的連音暫借字）攔亂：別再吵了。

蕃薯臭蓉

【沈默之聲】

蠟條發火

強盜闖咧半路、

騙仔拐咧半路、

荣蟲食咧半路、

禿鷹笑咧半路、

烏心吊咧半路、

社會爛咧半路、

台商飛咧半路、

勞工跪咧半路、

綠色官員醉倒咧半路。

——政黨輪替進退無路，

一台新車駛落湳仔土……

■

共匪擋咧半路、

藍軍鬧咧半路、

預算縛咧半路、

大水淹咧半路、

軍購沉咧半路、

媒體亂咧半路、

母語斷咧半路、

制憲關咧半路、

正名曝咧半路、

台灣獨立昏死咧半路。

——執政五年轉踅無步,

若親像沙仔埔打干轆……

■

十九支慶生蠟條,

條條發火、照無理想路。

進仔進仔,你敢會快樂?

(刊於2005年9月26日自由時報自由廣場)

音義注

蠟條:指蠟燭。

閘(台音唸tsah8):攔截。

咧(台音唸leh,暫借字):在…之意,現在進行式用語。

諞仔(台音唸pian2-a2):騙子。

烏心:指黑心商品文化。

湳(台音唸lam3)仔土:泥沼。

轉趖（台音唸seh8）：運轉。

沙仔埔打干轆（陀螺）：台語歇後語，喻運轉不靈、進退維谷。

進仔：民主進步黨的俗稱。

※本詩為民進黨十九週年黨慶（2005年9月28日）有感而作。

（CD第30首）

【沈默之聲】

獨角仙

獨角仙，
大家好體諒！

■

扁仔有苦衷：
頂年著銃傷，
戰哥揣伊討真相。
中國又閣硬欲強，
阿督仔掠伊金金相。
上介夭壽骨就是：
國會無過半、
藍軍毋順從，
縛腳束手人傷重。

■

獨角仙，
大家好參詳！

■

扁仔有苦衷：

姑不二三將，

建國運動毋敢衝。

台獨藥性有卡強，

留予囝孫逗逗仔用。

本土化慢慢思量：

正名莫勉強、

制憲當理想，

中華民國繼續用。

■

獨角仙，

毋通喔喔嚷！

（刊於2005年3月14日自由時報自由廣場）

獨角仙：台灣原生昆蟲，在分類上隸屬於金龜子科的兜蟲亞科，昆蟲界稱為鐵甲戰士，喻224扁宋會後，對陳水扁總統所謂「新中間路線」強力反彈的獨派大老。

大家好體諒：敬請大家包涵、體諒。本詩以陳水扁總統的親信或新聞化裝師的語氣，為陳的「扁宋會」後所作的台獨大退讓，進行荒唐的辯護或自圓其說。全詩節奏為「諷刺進行式」。

扁仔：陳水扁總統。

頂年著(台音唸tioh8)銃(或爲「槍」字)傷：指2004年319槍擊案。

戰哥：前國民黨主席連戰。

阿督(台音唸tok)仔：指美國。

掠(台音唸liah8)伊金金相(siong3)：拿他仔細看。意指緊盯著陳水扁的任何政治動作。

留予(台音唸hou7)囝孫：留給子孫。

姑不二三將：迫不得已之意。台語原文爲「姑不而將」，本詩將其修改後，當做趣味加強語，表示以上種種狀況，都是人在江湖、身不由己。

逗逗仔：慢慢地。

莫(台音唸mai3，暫借字，與華語「甭」同義)勉強：不要勉強的意思。

毋(台音唸m7)通：不要。

喔喔(台音唸ouN3)嚷(台音唸jiong2)：形容大聲質問、責罵，有大驚小怪之意。

【沈默之聲】
虎咬豬

514，有意思：

國代選舉，

中國龍騰雲駕霧，

一陣風一陣雨。

連爺爺、西安印紅龜，

宋省長、湖南揣祖厝。

胡錦濤、燗蕃薯，

泛綠營、火燒厝。

水扁仔兄打火亂情緒，

台灣之子罵台灣國父。

（十二生肖誓無注，

中間選民變做青瞑牛……）

■

514，有意思：

票桶一開，

割包燒燒虎咬豬，
大隻贏、細隻輸。
親民黨、落穗小損龜，
國民黨、無贏也無輸。
台聯黨、趁面子，
共產黨、面嘟嘟。
民進黨慶功酒開袂赴，
鬥爭大會改做辦喜事。
（兩成三的投票率，
少數人決定台灣歷史……）

■

514，實在有意思！

【沈默曰】「蜈蚣、蛤仔（青蛙）、蛇——三不服！」在中國
熱、泛綠內鬨下登場的國代選舉，政黨鏖戰結果，民進黨勝
出，國民黨居次、台聯黨守住基本盤，親民黨受挫。此次投
票率僅二成三，正當性受質疑，但仍篤定修憲將過關，政黨
「弱肉強食」的惡夢來了。

（刊於2005年5月14日自由時報自由廣場）

音義注

　　虎咬豬（台音唸tu，泉腔）：台灣割（刈）包別稱，喻大黨吃小黨。

選舉(台音唸ku2)，一陣雨(台音唸u2)：皆為泉州腔韻。

連爺爺(指國民黨榮譽主席連戰)、514：皆以華語發音。

印紅龜：台灣人掃墓需印墓粿(多種造型的紅龜)分享乞兒，「乞」求平安。此處喻指掃墓認祖。

爌(台音唸khong3)蕃薯(台音唸tsu5)：喻挑撥台灣人的內部矛盾，進而從中得利。

台灣之子：指陳水扁總統。

台灣國父：台獨基本教義派對李登輝前總統的尊稱。

十二生肖筊(台音唸teh)無注(台音唸tu3)：喻指2005年國代選舉(只選政黨，當時有12個大小政黨參與競爭)，選票上十二個圈選欄(如12生肖)，找不到中意、可靠的押注點。

摃龜：原指簽牌、買彩券未中，引申為落敗。

落穗：喻落衰。

面嘟嘟(台音唸tu7-tu7)：指生氣，嘴巴扭曲、臉色難看。

慶功酒開袂赴(台音唸hu3)：來不及開慶功的香檳。民進黨之前因扁宋會效應，選情膠著沈悶，黨內早有人磨刀霍霍，準備選後鬥爭，詎料因低投票率，竟然因禍得福、轉敗為勝，鬥爭會改為慶功宴。

【沈默之聲】
蘆薈青青

蘆薈！蘆薈！

蘆薈青青白點點：

民進黨落土八字虧欠，

斷水斷肥、無爸無娘。

散赤囡仔、

認命擱勤儉。

打拚民主志業、

無米就煮蕃薯簽。

■

蘆薈！蘆薈！

蘆薈尖尖利劍劍：

民進黨堅持改革信念，

破浪出帆、毋驚風險。

正直清廉、

食飯攏攪鹽。

地方包圍中央，
花開花水花艷艷。

■

蘆薈！蘆薈！
蘆薈肥肥肉黏黏：
民進黨當家做主開店，
親同友志、食甜配鹹。
好空先佔、
利益毋知閃。
放螺仔來損斷，
爛根爛葉人人嫌。

【沈默曰】「第一代油鹽醬醋，第二代長衫拖土，第三代脫褲走路。」民進黨汐止市某男性主委以蘆薈為「輔助器」，涉嫌性侵多名少年事件爆發之後，讓蘆薈聲名大噪，也拉出民進黨腐敗的警報。問題顯示，執政後西瓜效應浮現，政治、利益階級靠攏，社會菁英旁觀，黨內「敗家一族」也含著金湯匙轉世，綠色礎石正加速淘空瓦解中。

蘆薈(台音唸lou5-hoe7)：百合科植物，葉片綠色帶白斑，呈鋸齒劍狀，肥厚多汁，內含黏液，春夏開紅、黃花。

散赤囡(台音唸gin2)仔：貧窮人家的小孩。

擱(koh)：又、再之意。暫借字。

蕃薯簽：蕃薯採收季節，貧窮人家將蕃薯刨成簽條曝曬，製成乾糧，以備稻作歉收時節派上用場。吃蕃薯簽，喻克勤克儉。

食(台音唸tsiah8，通俗字暫借)飯攪鹽：吃飯配鹽巴。台語俗諺：「做官清廉，食飯攪鹽。」形容早期民進黨地方局部執政，父母官戰戰兢兢、臨淵履薄、清廉自持的模範。

親同(台音唸tong5)友志：指親戚、同鄉、朋友、黨員同志等。

好空(台音唸khang)：好處、利益。

螺仔：為專吃蘆薈的害蟲，類似福壽螺，喻民進黨敗類。

損(台音唸sng2)斷：破壞、糟蹋。

（CD第33首）

【沈默之聲】
綠朝霜降

寒露過、是霜降，
東北風、咻咻降。
綠色執政過五冬，
穿插打扮嬌噹噹，
啥知褲底破一孔：
桌頂攏是蝴蠅蠓、
桌腳全全是蛀蟲，
死忠換帖，看到暝暝做惡夢。
民進黨成績單烏鍍紅、
選舉轎扛到嗄嗄喘喘。
（扁總統，希望卡車道歉開講，
冷冷清清、台前台後等無人。）

■

霜降過、接立冬，
天公魚、泅入港。

綠色執政過五冬，
理想失落亂稷稷、
媒体唱衰大放送：
這爿特權虎頭蜂、
彼爿烏金土虱甕，
一張相片，掀開驚死萬百人。
國民黨拚選戰免費工、
等待年底這盤開紅紅。
（馬主席，大膽做夢大聲助講，
輕輕鬆鬆、踏破濁溪過下港。）

　　　　■

綠色五年的某一工：
有人失禮補破網……
有人好禮等收冬……

（刊於2005年10月31日自由時報自由廣場）

音義注

　　寒露、霜降、立冬：皆為節氣名。是時，冷冽東北風起，烏魚汛展開。

　　咻咻（台音唸siuh-siuh）降：咻咻吼著、動著。指海濱東北季風（九降風）的威力懾人。

　　蝴蠅（台音唸sin5）蠓（bang2）：蒼蠅蚊子。

希望卡車：爲2005年三合一選舉，陳水扁全國巡迴助選的工具。當時，阿扁到處爲綠色執政的弊案連連道歉，然死忠選民早已四散，人氣不再，場面冷清尷尬。

嘎（台音唸heh）嘎喘喘：氣喘不已。

天公魚：烏魚別名，喻民進黨腐化，國民黨獲得「天上掉下來的禮物」。

亂稯稯（台音唸tshang2-tshang2，暫借字）：亂糟糟。

一張相片：指被公佈在媒體上的總統某親信赴韓國酒店豪賭的圖片。

下港：指台灣南部，該地區爲綠營鐵票區。另，中港，指中部地區。頂港，指北部地區。

【沈默之聲】

錦囊詩二帖

予台灣人：

藤條打囝雙頭啼，
打驚毋通打到死……

■

蕃薯小爛去，
削掉重種發新穎，
生生湠湠萬萬年。
民進黨是好是歹，
攏是台灣手底肉、
攏是民主的香爐耳。
歷史關鍵時機，
浪子已經覺悟驚醒，
台灣人要提出理智，
毋通予統派笑眯眯、
毋通予阿共歹款的暗示。

■

就在今仔日，
你的選票決定本土運動生死，
請行出來，堅心扶持投落去：
投予台灣歡喜！
投予母親安慰！

予民進黨：

風聲雨聲、教囝回頭聲，
為囝心疼、為囝哭規暝……

■

吵吵鬧鬧、選後放流水，
是是非非、害蟲繼續追。
今仔日，選盤若是紅記記：
毋是你交選舉，
彼是台灣人心軟放水，
毋甘看你跋倒來落衰。
今仔日，選盤若是烏青青：
你也毋免慨氣，
彼是台灣人愛你謙卑，
愛你打斷手骨東山起。

■

無論如何，

毋通慶功、毋通失志，

毋通袂記人民的教示：

腳手愛清氣！

心頭愛堅持！

(刊於2005年12月3日自由時報自由廣場)

音義注

予（台音hou7）：給。

藤條打囝（台音唸kiaN2，指孩子）雙頭啼：形容父母愛之深責之切，不得已而進行體罰，這廂心痛、那廂喊疼，兩端各自哭啼的窘況。打囝，與隔行的「打驚」諧音。

毋（台音唸m7）通：不要。

發新穎（台音唸iN2）：抽新芽。

香爐耳：原喻長孫，此處專指延續民主香火的民進黨。

的：台音唸e5。

毋（台音唸m7）甘：不忍心。

害蟲：喻民進黨內的敗類。

毋（台音唸m7）是：不是。

彼是：那是。暫借字。

爻（台音唸gau5，暫借字）選舉：善於選舉。

清氣：乾淨。

※本詩為2005年12月3日，縣市長、議員、鄉鎮市長三合一選舉

前夕，本土政黨因弊案連連，飽受知識份子唾棄，泛綠支持者心灰意冷，不願出來再為民進黨背書投票，筆者唯恐本土草根運動功虧一簣，遂拋開個人成見，一反常態的為民進黨執筆護盤。結果，民意冰凍三尺，仍無力回天，當天開票揭曉，民進黨果然輸到脫褲。唯一收穫是：內部檢討聲起，從失敗中重新學習謙虛之道。

【沈默之聲】
1號扁鑽

金針花、嬌嬌黃……
有人挽來插頭毛、
有人提去煮菜湯。

■

戒嚴日、暗昏昏：
美麗島、罩烏雲。
國民黨獨裁擱獨吞，
黨外志士赤手空拳，
街頭肉身擋警棍，
流血流汗、打開民主門。
——台灣母親掛肚牽腸，
一暝煩惱到天光。

■

民主天、亂紛紛：
美麗島、絞紅雲。

民進黨食飯坩中央，
大陸政策亂舞亂耍，
獨立田園放咧荒，
中國鬼火、燒入咱廳門。
——台灣母親慨氣心酸，
一暝怨嘆到天光。

　　　　　■

金針花、婿悶悶……
台灣母親含目屎、咬嘴唇，
五月十四疼心小清算：
「1」號當做是扁鑽，
磨尖尖、相準準，
欲來鑿背骨政客的紅尻倉。

　　　　　　　　　　(刊於2005年5月9日自由時報自由廣場)

　　【沈默曰】「種著歹田望後冬，選著爛黨誤死人。」2005年2
月24日扁宋會之後，連戰、宋楚瑜接踵訪中，統派氣焰囂
張、惡火燎原，背負捍衛台灣主權重任的民進黨政府，決策
荒腔走板，進退失據，滅火無方，令人痛心疾首。搖擺、曖
昧的結局，也使得接下來的國代選舉，演成台灣人一場政黨
的信任投票了。

音義注

金針花：象徵台灣母儀之花，其「花語」與西洋康乃馨類同。

婧婧(台音唸sui2-sui2，暫借字，或爲「水」字)黃：又黃又漂亮。

挽(台音唸ban2)來插頭毛(台音唸mng5)：摘來插在頭髮上裝飾。

罩(台音唸ta3)烏雲：籠罩著烏雲。

絞(台音唸ka2)紅雲：彤(赤色)雲翻湧著。喻中國熱來勢洶洶。

食飯坩(台音唸khaN，飯鍋)中央：喻不知天高地厚的既得利益者。

亂舞亂耍(台音唸sng2)：胡搞瞎搞。

放咧荒(台音唸hng)：刻意擱置、任其荒蕪。

「1」號當做是扁鑽：國大選舉的政黨選票，堅持百分百台灣獨立意識的台聯黨爲登記第一號，選擇「1」號是爲了給迷失的民進黨一點顏色看看(「1」字形象似刺人的扁鑽)。扁鑽，刺人的利器，這裡含有「鞭策阿扁(民進黨)」的意思。

相(台音唸siong3)準準：瞄準之意。

鑿(台音唸tshak8)紅尻(台音唸kha)倉：刺痛屁股，給居大位的綠色執政者小小警惕。紅尻倉：喻指被中國幽靈纏身的民進黨。

背骨：背叛、反叛。此處指背離支持者意志或付託的投機政客。

七月半鴨

（CD第36首）

【沈默之聲】
台灣人反併吞

台灣人反併吞，
街頭百萬軍、
街尾拚命吞。

■

俗俗仔揀、俗俗仔吞：
五金百貨、糖仔餅，
蠶豆燒酒中國薰。
漢藥治根本，
成衣照秤斤，
布尪仔買去騙金孫。
（緊來緊搶、慢來無份……）

■

爽爽仔揀、爽爽仔吞：
古董字畫、紫砂壺，
大陸婆仔攬來睏。

144　《沈默之聲》

影片租一墩，
英雄少林拳，
看到喙開開、腦暈暈。
（明載出團、西湖划船……）

台灣人反併吞，
一爿反、一爿吞。
——中國仔笑到糾腳筋。

【沈默曰】「小貪，入中國雞籠」。中國制定反分裂法之後，本土的民進黨、台聯黨也不甘示弱，發動號稱百萬人的326街頭大遊行反制，向對方嗆聲，但環顧台灣島內，到處充斥著價廉的「匪貨」或走私的黑心大陸貨。台灣人每天生活，不接觸到中國商品(成衣、電器五金、南北貨等等)愈來愈難，對照於對抗中國霸權的大遊行，豈不是天大的笑話？本詩描述台灣人短視近利，不知心防、主體性爲何物的性格，甚至於在高唱反併吞的同時，亦仍倚賴陸貨、緊抱中國文化，淪爲紅色陷阱的俘虜而不自知。

（刊於2005年4月2日自由時報自由廣場）

中國薰（台音唸hun）：中國製的香菸。

照秤斤（台音唸kun ，台語泉腔）：論斤賣。

布尪（台音唸ang）仔：布偶、小玩偶。

大陸婆仔：指大陸妹、中國新娘等。

划（台音唸ko3，暫借字）船：划船。

笑到糾（台音唸kiu3）腳筋（台音唸kun，泉腔）：笑到連腳都抽筋，形容爆笑到極點。

（CD第37首）

【沈默之聲】

敗家鼠

敗家鼠夜總會，
吵厝宅鑽田底、
咬破布袋扛西瓜……

■

台商台商穿皮鞋：
關廠、賣地、當傢伙，
款無夠、用心攔計較，
銀行盡量挖、
柴市來倒會。
資金一大把，
搬去中國扮皇帝。
放捨勞工做狗爬、
管伊台灣經濟變做無毛雞。

■

台商台商戴葵笠：

檨仔、蓮霧、紅木瓜，

疊尖尖、唐山揣顧客，

種籽半相送、

技術俗俗賣。

農藥留內家，

欲唪欲用家己提。

為錢過江做阿伯、

管伊台灣農業絕種兼哭爸。

■

台商台商油洗洗……

台灣魂一命嗚呼：歸西！

【沈默曰】「大鬼攀牆、小鬼看樣。」繼台灣工商界如五鬼搬運、掏空數千億資金出走之後，二〇〇五年開春以來，中國又無視WTO談判機制，逕自揮起迎喚台灣農產及農技西進的統戰招魂旗，不少果農覬覦中國廣大的市場，並隨之起舞，新一波骨牌效應浮現，「戴著斗笠的台商」可能攜帶農業技術與資金西進，重蹈工商界出走的誤國覆轍，將台灣最後的命脈連根拔起。

(刊於2005年10月17日自由時報自由廣場)

音義注

敗家鼠：喻指損毀、糟蹋本家的敗類。

當傢伙：典當機器設備。

銀行盡量挖：向銀行貸款。

扮皇帝：原為花花公子的情色遊戲，喻過著皇帝般養尊處優的奢華生活。

放捨(台音唸sat)：拋棄。

葵(台音唸koe5)笠：指斗笠。

樣(台音唸soaiN7)仔：芒果俗稱。

紅木瓜：台灣網室木瓜的一種，亦名「紅孩兒」，肉質鮮紅，極具賣相。

過江：原指過河，本處指跨過台灣海峽。

油洗洗：指做生意賺錢，利潤豐、油水多。

【沈默之聲】
貓熊真古錐

貓熊貓熊真古錐：

床母共伊做號點痣，

烏白生、烏白婿，

身軀膨圓仔膨圓，

兩蕊目睭毋知藏佗位？

一工到暗，愛睏神愛睏神，

箭竹甜甜，當做是喙食物，

哺啊哺！哺落夢鄉去。

睏飽飽，無代誌，

九寨溝揣肥弟仔去遊戲，

深山樹林、草仔堆，

山頭嶺尾滾過來又攔輾過去。

讚啊讚！觀光客阿咾嘖舌，

「我愛貓熊」，囡仔看到嘴開開。

（小朋友乖乖，把門兒開開……）

■

貓熊貓熊眞古錐：
團團圓圓雙雙對對，
台灣人、中國人，
早慢攏會送做堆。
聽人講台灣錢淹大腿，
有合意無？合意就免客氣，
送你雙對，祝你萬年富貴，
卡緊咧！卡緊抱去飼。
只不過，愛會記，
反分裂法是刁工非故意，
失散兄弟、愛回歸，
八百粒飛彈是祖國和平展示。
來哦來！飼貓熊送雞胿仔，
「一個中國」，予您快樂來相隨。
（小呆胞乖乖，把門兒開開……）

■

貓熊貓熊眞古錐，
台灣人啊愛著卡慘死，
大門小門——獻到開開開。

音義注

　　貓熊：台語亦可稱爲貓仔熊，生息於中國四川九寨溝。

　　眞（台音唸tsin2，變音拉長，語氣似宜蘭腔）古錐：很可愛。

　　床母做號：註生娘娘做記號。喻天生麗質。

　　烏白生、烏白嬌：烏白，即黑白。指貓熊黑白相間，隨便生、隨便漂亮。

　　目睭母（台音唸m7）知藏佗（toh，暫借字）位：指黑眼圈下，眼睛不知藏到哪兒了。

　　愛睏神：想睡，懶洋洋的樣子。

　　嗲食物（台音唸mih8）：零嘴。

　　哺（台音唸pou7）：咀嚼的樣子。

　　阿（台音唸o）咾嗲舌：讚美咂舌。「阿」字取其「阿諛」之意，引申爲讚美。

　　囡仔（台音唸gin2-a2）：指兒童。

　　團團圓圓：二〇〇五年中國進行網路投票統戰，兩隻擬「征台」貓熊呼聲最高的名字。

　　合（台音唸kah）意：中意。

　　會（台音唸e7）記：記住。

　　雞肫仔：指吹牛的統戰氣球。

　　※本詩括符內「小朋友乖乖，把門兒開開」及「小呆胞（『台胞』諧音）乖乖，把門兒開開」兩句，仿自「大野狼與七隻小羊」歌詞，故皆以華語的童歌旋律充當旁白。

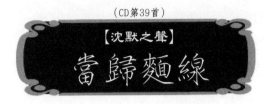

【沈默之聲】
當歸麵線

三月風、嘶嘶寒，

虱目魚跳過岸。

阿共統戰設法壇，

這爿開生產線、

彼爿劃出紅線：

叫台商、跪算盤，

獻降表、挖心肝。

紲落去——軟索牽牛，

廣交會、殺訂單，

台農縛縛做一綰：

台灣經濟珍珠打斷線。

■

四月雨、啵啵彈，

仿仔雞飛上山。

阿共辦桌揣酒伴，

桌頂當歸麵線、

桌腳統一戰線：

國民黨、流喉瀾，

頭洗洗、過唐山。

紲落去——你兄我弟，

食紅酒、剖心肝，

這攤啉了換別攤：

台灣意識風吹斷了線。

■

飛啊飛！散啊散！

喂喂喂——前看後看：

台灣政府賭一條電話線。

【沈默曰】「風吹斷了線，台灣傢伙去一半。」在機場大雨與鮮血控訴中，連戰仍然執意展開中國行，與中共總書記胡錦濤密談一百分鐘（在台灣，他只給「水扁兄」11分鐘的空中「電話報備」），並發表所謂的國共五大願景。連戰登陸之後，輸人不輸陣、輸陣歹看面，親民黨領袖宋楚瑜也跟進，新一波出走潮又起，阿共不只掏空台灣的經濟、產業、文化等，未來在「中國因素」催化下，台灣朝野矛盾擴大，政府也將面臨「政治掏空」的危機。

（刊於2005年5月2日自由時報自由廣場）

音義注

當歸：寓統戰回歸。

嘶嘶（台音唸sih-sih）寒：冷颼颼。

紅線：指制定「反分裂法」，不准台獨越雷池一步。

獻降表、挖心肝：類似許文龍等親綠商人與台獨劃清界線、並向中國交心之事。

紲（台音唸soa3）落去：接下來。

廣交會：中國出口商品交易會簡稱，對台農統戰的新平台。

軟索牽牛：以柔克剛。

台農縛縛做一綰（台音唸koaN7）：將台灣農人綁成一大串。台農，台灣農業資本家，與「台商」對應。

啵啵（台音phok8-phok8）彈：雨滴直直落。

仿仔雞：半土雞，喻台灣「半山仔」（具一半中國血統的政客）。

喂喂喂：講電話的聲音，喻指連戰以電話隨便向阿扁總統報備之事。

賰（台音tshun，暫借字）：只剩下…。

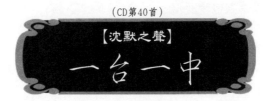

（CD第40首）

【沈默之聲】

一台一中：
台灣虎、
中國龍，
烏水溝、
分兩向。
莫逞強、
莫展勇，
有代誌、
好參詳。
拳頭毋通用，
無事樂暢暢。
■

一中一台：
台灣東、
中國西，

公媽代、
隨人拜。
有好空、
做陣來，
手牽手、
走世界。
和氣發大財，
萬事笑嗨嗨。

■

一台一中、
好來好去上保障！
一中一台、
金山金海雙頭來！

■

一台一中……
一中一台……

（刊於2005年11月19日自由時報自由廣場）

一八九五年，台灣民主國曾揭櫫藍地黃虎旗幟，向全世界宣示台
灣獨立建國，台灣亦曾名列所謂「亞洲四小虎」，故以「台灣虎」對應「中

國龍」。

　　莫(台音mai3)：「莫愛」的連音字，不要之意。

　　參詳：商量之意。

　　毋(台音唸m7)通：不應該、不要。

　　公媽代：祭祀祖先神主牌之事(代誌)。

　　好空(台音唸khang)：互惠互利的好事。

【沈默之聲】
台灣保倒

烏水溝、白波波：
先民渡台法治全全無，
墾荒盡拼拳頭母。
有時竹篙鬥菜刀，
搶水源動干戈，
公親總會做公道：
庄頭打庄尾和，
出外人、你好我也好，
太平世界有夢有倚靠。
──彼時陣：
人人攏講「台灣是寶島」。

■

金光島、暗嗾嗾：
搶偷騙撈錢鬼設圈套，
社會文明有若無。

小車禍動槍動刀，

政黨冤冤相報，

政客嘛是橫橫葛：

一選輸就反桌，

拚袂過、中國請大哥，

放熊放虎轉來咬親哥。

——這時陣：

人人攏講「台灣是保倒」。

■

保倒、保倒…

保證台灣厝家一定倒。

　　【沈默曰】「家和萬事興，家亂萬世窮(kheng5)。」自二〇〇
四年總統大選以來，台灣因兩顆子彈恩怨，藍綠陣營壁壘分
明，社會內部對立常態化，一不做二不休，部份在野黨更是
挾外自重，紛紛聯合「敵對的國家」來牽制內政，將民進黨帶
領的政府變成非政府化與孤立化，也讓中國統戰正式地登堂
入室。此一鬥爭若持續惡化，國家意識潰散，則被併吞之期
也不遠了，而先民胼手胝足打造的海外民主夢土——台灣寶
島，亦恐將毀於一旦、化為雲煙。

(刊於2005年4月17日自由時報自由廣場)

音義注

　　台灣保倒：形容政黨惡鬥下，台灣保證一定倒。與「台灣寶島」同音對應。

　　烏水溝：黑水溝。

　　金光島：詐騙之島（Republic of Cheating），形容台灣的沉淪。

　　暗嗦嗦（台音唸so）：形容社會暗無天日。

　　拳頭母（台音唸bo2）：指武力鬥爭。

　　竹篙鬥菜刀：形容民間土法武裝，進行械鬥。

　　庄頭打庄尾和：由台灣諺語「(夫妻)床頭打床尾和」一詞演繹，形容地方命運共同體的情況，即使有小爭端、小摩擦，最後也仍彼此各退一步，拋棄成見，牽手出頭天。

　　錢鬼設圈套：指世風日下，台灣人心不古，社會敗類為錢設下偷搶騙陷阱，無所不用其極。

　　嘛是橫橫葛（台音唸ko5，暫借字）：同樣野蠻、糾葛不清。

　　中國請大哥：到彼岸尋求另一幫派大哥(喻蠻橫不講理、窮兵黷武的中國共產黨)來保護。

【沈默之聲】
芋仔煮麵線

便所會：
臭摸摸、
臭爛爛，
芋仔煮麵線。

■

阿扁食七碗、
宋仔分一半。
國民黨吞喙瀾、
阿共徛咧金金看、
台聯倒咧土腳搥心肝。

■

民進黨二月火燒山：
神主牌仔——
燒到變火炭。

（刊於2005年3月1日自由時報自由廣場）

音義注

便所會：2005年二月二十四日舉行的「扁宋會」台語諧音。

臭摸摸（台音唸mou）：此處喻政黨「私通」，其臭無比。

吞喙瀾（台音唸noaN7）：吞口水。

徛（台音唸khia7）咧：站著之意。

另：第二段為扁宋會達成十大共識後（見附錄），民進黨、親民黨
領袖公然背叛支持者，進行形式上結盟，各撈好處。台海兩岸各政黨
出現不同的表情。國民黨分不到羹，想吃又不好意思討。共產黨扳起
臉來，立馬觀望。台聯黨被孤立，氣得咬牙切齒、痛不欲生。民進黨
的台獨神主牌當然也付之一炬。

〔附錄〕

扁宋會十大共識

一、依照中華民國憲法所揭櫫的國家定位，即為兩岸目前在事實與法理
上的現狀，此一中華民國主權現狀必須受到兩岸與國際社會的承認與尊重。

二、現階段兩岸關係的最高原則應為「遵守憲法」、「維持現狀」、「共創
和平」。在兩岸和平的前提下，陳總統承諾，在其任期之內，不會宣佈獨立、
不會更改國號、不會推動兩國論入憲、不會推動改變現狀的統獨公投，也沒
有廢除國統綱領與國統會的問題。宋主席對此表示同意與支持。

三、為提升國家整體的競爭力與政府的管理效能，有必要凝聚朝野共
識，進行憲政改革。陳總統及宋主席共同承諾，憲政改革的推動不涉及國家
主權、領土及台海現狀的改變，並依憲法所規定的程序進行修改。

四、武力威脅或壓縮台灣的國際空間，均不利於兩岸關係的改善。為促
成兩岸關係的正常化，並建立一個和平穩定的互動架構，雙方將凝聚朝野共

識，共同推動有關兩岸和平發展的機制與法制化。

五、加強推動兩岸經貿、文化與學術等交流，並以春節包機成功的模式，透過與對岸協商與談判，逐步推動貨運便捷化，乃至於全面的三通。經發會召開至今已超過三年，對影響產業發展及國家整體競爭力的管制，將儘速予以檢討與修正，以落實「深耕台灣、佈局全球」的經發會共識。

六、任何台海現狀的改變，必須獲得台灣兩千三百萬人民的同意；並在兩岸善意的基礎上，不排除兩岸之間，未來發展任何關係模式的可能。

七、台灣必須要有足夠的國防力量，才能確保台海的和平。未來將在「國家安全、台海穩定、區域和平」的戰略目標下，全面充實符合我國國防戰備所需之武器裝備。

八、無意與對岸進行軍備競賽，以緩和台海的緊張局勢；並積極推動建立「兩岸軍事緩衝區」及建構台海軍事安全互信諮商機制。

九、依照憲法民族平等之精神，任何對族群具有歧視或攻擊性的語言與行為，均應受到法律的制裁與約束，雙方將共同推動保障族群權益及促進族群和諧與平等的基本法制。

十、陳總統及宋主席均承諾致力於消弭族群對立，積極促進族群的和諧與團結，政府並應在政治、經濟、社會、教育、文化及考試等領域，確保各族群享有公平之權利與地位。

（CD第43首）

【沈默之聲】

拚蕃薯
——「反分裂法十條」密碼解破

前　　言：三月天拚蕃薯，

　　　　　十面埋伏條條註死……

■

第一條：蕃薯好食粒粒甜，

　　　　阮催法唸咒來操根滅鼠。

第二條：中國拳頭卡大天，

　　　　所以，有我當然是無你。

第三條：恁爸關門犁蕃薯，

　　　　外口人上好是有耳無喙。

第四條：蕃薯島一定回歸，

　　　　拜託攏加出幾位吳三桂。

第五條：蕃薯乖乖受統治，

　　　　竹腳無動刀動銃的代誌。

第六條：蕃薯厝內會變鬼，

　　　　中門開開纔免惹我多疑。

第七條：蕃薯早慢入我喉，
恁有權選擇和平安樂死。

第八條：蕃薯九怪想脫離，
絕對會食著解放軍銃籽。

第九條：蕃薯若巧巧知死，
腳手洗洗準備做戇百姓。

第十條：蕃薯出土欲料理，
看我安怎落鼎安怎凌遲。

■

結　論：你是我的蕃薯，
我食你食到死死死！

（刊於2005年3月20日自由時報自由廣場）

音義注

拚蕃薯：鄉間犁田翻土、採收蕃薯的用語，寓中國併吞台灣島的野心。

好食（台音唸tsiah8，通俗字暫借）：好吃。

操根（台音唸kun，泉腔）滅鼠（台語唸tshi2）：採收蕃薯並且消滅鼠輩（台獨份子）。

外口人：喻外國勢力。

擱（台音唸koh）加出：再多多冒出。

竹腳：原台語「的確」轉音，引申為模糊不確定、很難保證之意。竹腳無代誌，恐怕就有事情了。

纔(tsiah)免：才可免於。

九(台音唸kau2)怪：調皮、惡作劇或不聽使喚之意。

安怎凌遲：如何將…折磨致死。

※本詩依2005年三月十四日中國十屆人大通過的「反分裂國家法」演繹，請依原文(見附錄)逐一對照拆解。

〔附錄〕
中國反分裂國家法全文

第一條、爲了反對和遏制「台獨」分裂勢力分裂國家，促進祖國和平統一，維護台灣海峽地區和平穩定，維護國家主權和領土完整，維護中華民族的根本利益，根據憲法，制定本法。

第二條、世界上只有一個中國，大陸和台灣同屬一個中國，中國的主權和領土完整不容分割。維護國家主權和領土完整是包括台灣同胞在內的全中國人民的共同義務。台灣是中國的一部分。國家絕不允許「台獨」分裂勢力以任何名義、任何方式把台灣從中國分裂出去。

第三條、台灣問題是中國內戰的遺留問題。解決台灣問題，實現祖國統一，是中國的內部事務，不受任何外國勢力的干涉。

第四條、完成統一祖國的大業是包括台灣同胞在內的全中國人民的神聖職責。

第五條、堅持一個中國原則，是實現祖國和平統一的基礎。以和平方式實現祖國統一，最符合台灣海峽兩岸同胞的根本利益。國家以最大的誠意，盡最大的努力，實現和平統一。國家和平統一後，台灣可以實行不同於大陸的制度，高度自治。

第六條、國家採取下列措施，維護台灣海峽地區和平穩定，發展兩岸關

係：

　　（一）鼓勵和推動兩岸人員往來，增進了解，增強互信；（二）鼓勵和推動兩岸經濟交流與合作，直接通郵通航通商，密切兩岸經濟關係，互利互惠；（三）鼓勵和推動兩岸教育、科技、文化、衛生、體育交流，共同弘揚中華文化的優秀傳統；（四）鼓勵和推動兩岸共同打擊犯罪；（五）鼓勵和推動有利於維護台灣海峽地區和平穩定、發展兩岸關係的其他活動。國家依法保護台灣同胞的權利和利益。

　　第七條、國家主張透過台灣海峽兩岸平等的協商和談判，實現和平統一。協商和談判可以有步驟、分階段進行，方式可以靈活多樣。台灣海峽兩岸可以就下列事項進行協商和談判：（一）正式結束兩岸敵對狀態；（二）發展兩岸關係的規劃；（三）和平統一的步驟和安排；（四）台灣當局的政治地位；（五）台灣地區在國際上與其地位相適應的活動空間；（六）與實現和平統一有關的其他任何問題。

　　第八條、「台獨」分裂勢力以任何名義、任何方式造成台灣從中國分裂出去的事實，或者發生將會導致台灣從中國分裂出去的重大事變，或者和平統一的可能性完全喪失，國家得採取非和平方式及其他必要措施，捍衛國家主權和領土完整。依照前款規定採取非和平方式及其他必要措施，由國務院、中央軍事委員會決定和組織實施，並及時向全國人民代表大會常務委員會報告。

　　第九條、依照本法規定採取非和平方式及其他必要措施並組織實施時，國家盡最大可能保護台灣平民和在台灣的外國人的生命財產安全和其他正當權益，減少損失；同時，國家依法保護台灣同胞在中國其他地區的權利和利益。

　　第十條、本法自公佈之日起施行。

附錄

林沈默文學年表

一九五九 (1歲)

2月22日，出生於雲林縣斗六市西瓜寮(今長安里)貧困的農村，五個兄弟姊妹中，排行老二。父親林天助，日語國小畢業，家道中落，不能再入學府讀書，但業餘仍至暗學仔(漢學堂)與私塾老師學習，浸淫數年中文書，精通歌仔戲及民俗講古等台文腳本。母親林張品，為刻苦耐勞、敬天惜福的舊時代女性。

8月7日，颱風環流帶來暴雨，引發八七水災。中、彰、投、雲、嘉、苗栗等縣盡成水鄉澤國，1075人失蹤死亡，逾45萬房屋全倒或半倒，30萬人流離失所，無家可歸。部份農村災民在政府輔導下，帶著種子和農耕技術翻山越嶺，遠赴後山的花東縱谷及海岸平原另闢天地，成為六○年代後山移民拓墾的主力之一。

一九六一 (3歲)

看顧廚房的灶火，不慎引發火警，燙傷之後，又染上濾過性病毒，終生罹患中度小兒痲痺症。

一九六五(7歲)

　　進入雲林斗六溪洲國小就讀，受廖高塘、賴素雲、廖勝義等業師啟蒙，奠下日後編故事、寫小說的本領。六年後，以全校第三名成績畢業。

一九六八(10歲)

　　遺傳父親的天賦，自幼即會自編簡單的台語童謠，揶揄惡鄰居或與同儕遊戲同歡，大人聽聞後，嘖嘖稱奇。但因國語運動摧扭，此一「異能」至國中時期即告消失無蹤。

　　8月，國民政府實施九年國民教育。

一九七二(14歲)

　　文壇掀起一連串鄉土文學論戰，寫實派與現代派針鋒相對，所謂「軍中作家」首度遭受挑戰，一九七七年臻於白熱化，至七九年止，台灣文學的主體意識，在此番風雨交加之後，悄悄甦醒、萌芽。大哥林承廷經常購書相贈(如楊喚、鹿橋、王尚義、尼采、叔本華等)，積極鼓勵讀課外書，對文學漸萌生興趣。

一九七三(15歲)

　　9月，首度離鄉背井，負笈嘉義中學。高一開始接觸文學，寫詩及小說，並與山城跨校文友合辦八掌溪詩刊，擔任

主編，向文壇詩社、作家邀稿，魚雁往返，並經常與嘉中學長秉燭夜談鄉土文學及黨外運動。本土、民主思潮，澎湃洶湧。第一首詩〈旅人回來了〉，寫於高一上，並發表於嘉中校刊。第一篇小說（中篇）——〈還我達仁〉於高一下學期，以日記本寫就，內容描述一場校外寄宿生的抗爭心境與過程。

一九七五（16歲）

4月，蔣介石病逝，黨國威權鬆動，多元文化逐漸甦醒。

一九七七（18歲）

9月，進入文化大學企管系就讀。

一九七八年（19歲）

4月，與路寒袖、洪國隆、楚放、孟樊、莊裕安、鴻鴻、陳清貴等文友合辦漢廣詩刊，詩風以寫實見長。

12月16日，台美斷交，低氣壓籠罩，徬徨聲中房市大跌，移民潮湧現。黨外民主運動順勢崛起。

一九七九年（20歲）

12月10日，美麗島事件爆發。島內瀰漫肅殺氣氛，台灣民主陷入黎明前的黑暗期。大量創作華語詩，發表於報章雜誌。

一九八一年(22歲)

　　創作生平第一首台語詩——〈腳踏雙台船〉(收錄於《白烏鴉詩集》)，獲台北文友喜愛，爭相傳誦。

一九八三年(24歲)

　　華語詩集《白烏鴉》出版(蘭亭出版社)。其中長篇寫實詩〈送你一把牛糞〉獲中華文學敘述詩獎。

　　大學畢業，至德華、金文出版社上班，並結識黃勁連、羊子喬、劉克襄、蔡豐安、陳寧貴、郭成義等文化界朋友。

一九八四年(25歲)

　　7月10日，與台中水湳眷村第二代楊佩芬小姐(父為雲南牟定人，空軍上校)結婚。由詹義農先生出資印製精緻的結婚詩集特刊，刊載詹義農、初安民、林央敏、路寒袖、苦苓、趙天儀、楚放等文友祝賀詩文。

一九八五年(26歲)

　　4月，童話《唐突小鴨的故事》出版。

一九八六年(27歲)

　　7月19日，長女沁嫻出生。

9月28日，民主進步黨突破黨禁，在台北宣佈成立。

一九八七年(28歲)

2月，進入中國時報系上班，擔任時報新聞週刊編輯。

7月15日，台灣全島解除戒嚴，社會活力再現。

一九八八年(29歲)

1月，黨禁、報禁全面解除。多元文化百無禁忌，熱情奔放，如火山爆發。

受父親薰陶，為挽救失落的母語，開始翻閱台語字典，認真創作台語詩。

一九八九年(30歲)

5月，作品〈鐘錶學徒外傳〉、〈他們都來到這裡〉、〈有些人是我的同鄉〉等詩，入選「中華現代文學大系」(九歌版，余光中主編)。

大量寫作台灣囡仔詩(台語童詩)。

4月21日，次女林沁儀出生。

一九九○年(31歲)

以林沈默為筆名，撰寫「台灣囡仔詩」(台語童詩)、「台灣新詩」(台語現代詩)，連續四、五年，在自立晚報本土副刊、

中國時報人間副刊、自由、台時、民眾、台語文摘、小牛頓、台灣文藝等報章雜誌密集發表詩作，爲台語文學進行墾荒，也帶動台語詩創作風潮。

一九九一年(32歲)

擔任時報週刊美洲版編採副主任。

開始剪輯台灣本土的相關報章資料，爲後來《台灣地方唸謠》的創作紮下基礎。

一九九二年(33歲)

1月，中國時報週刊創刊，擔任編輯主任。

在台灣時報開闢「爸爸唸童詩・孩子學台語」，大量創作台語童詩。於小牛頓作文雜誌開闢「台語兒歌」，於中文天地之中推廣台文，獲眾多關心本土教育的家長迴響。

一九九四年(35歲)

4月，在民間文學根基很深的父親林天助先生的鼓舞，及提供九歲女兒「學母語、識台灣」的雙重動力之下，試著以淺顯的台語，創作三字一句唸謠，開啓創作「台語三字經」——《台灣地方唸謠》之鑰，並立志在後半生(以70年陽壽爲標準)完成全台309鄉鎮市唸謠創作，爲台灣做一番「轟轟烈烈」的大事。首站從台中縣21個鄉鎮市出發，並瘋狂投入地方史料蒐

集、建檔、閱讀、消化的工作。

11月，台中縣地方唸謠，山海屯21鄉鎮市及台中市初稿完成。進行嘉、雲、彰、投地區地方史料蒐集。

一九九五年(36歲)

4月，中國時報成立中部編輯部，隨著團隊南下台中，定居台中縣大里市。

5月，住在雲林斗六西瓜寮老家的父親罹患肺癌，經醫師診斷屬於末期，聞訊如晴天霹靂，遂將他接回台中大里同住，如無頭蒼蠅般的尋求中西名醫、民俗偏方，台中、彰化、雲林、南投、台南、台北到處奔波。

7月，回應李登輝務實外交及美國行，中國當局舉行導彈試射演習，距離台灣基隆和平島北隅澎佳嶼海域，不到六十海浬。全島為之震動。

在時局動盪氛圍中，完成彰化26鄉鎮市地方唸謠初稿。

一九九六年(37歲)

3月，為干擾台灣第一次民選總統，中國二度試射飛彈，此次範圍涵蓋半個台灣，南北兩地均受威脅，結果，3月23日，李登輝、連戰高票當選正副總統。民主與本土化進程依舊不變。

5月，嘉義縣市19鄉鎮市地方唸謠初稿完成。

6月9日，《地方唸謠》在新台灣新聞週刊第11期開始連載。第一站，從本人移居地的台中縣大里市「新故鄉」、也是台灣三大民變之一——林爽文揭竿起義的地點出發。

8月1日，「西北颱」賀伯狂襲，災情慘重，中部山區首度出現土石流禍害，全台近四十人失蹤死亡。住家的台中大里寓所頂樓屋瓦，全部摧毀。

12月，國發會通過省府虛級化，以及取消鄉鎮市自治的決議，將朝行政區重劃邁進。雖然積極為台灣鄉鎮造像，但計畫趕不上變化，未來地方鄉鎮界限、輪廓，可能因改制而全盤消失或模糊化，若不加緊創作腳步，史料可能流失更劇，增加蒐集、創作的困難度。

12月29日，在廢省聲中，完成南投省都鄰近13鄉鎮市地方唸謠，感嘆中興新村的歷史浮沉、興衰如夢。

一九九七年(38歲)

5月27日起，於中國時報中部版連載《中台灣風雲》部份（並與台中廣播公司合作，每天製成有聲的節目播放），內容涵蓋台中縣市、彰化、南投、雲林、嘉義等一百個鄉鎮市。連載逾半年，打破「詩作不能連載」的傳統，讀者反應熱烈，書信、電話回響不斷，各地方文化機構紛紛探詢列入鄉土教材。並被文化工作者列為「當年文史工作十大事件」之一。

7月，完成雲林19鄉鎮市的唸謠初稿，一字一淚，在台中

菩提醫院病榻前唸給癌末、瘦骨如材的父親聽，獲他指示，修正斗六、古坑、林內、莿桐、西螺七崁等部份地區檔案。斗六市，描述湖山岩的三字經內文:「觀音媽，笑紛紛。三炷香，一蕊雲。」即是父親出口成章的佳句。另七崁地區「生廖死張」的傳統，亦依他的口述記錄，再補強二崙鄉內容。

　　12月9日，父親肺癌末期引發併發症，搶救無效病逝，享壽六十五歲。留下一本破舊的隨身參考書──《彙音寶鑑》(早期的台語字典，沈富進著作，1954年出版)，遺言囑咐我「寧願沒頭路，也要為台灣鋪後路。《台灣地方唸謠》一定要完成，讓子子孫孫傳誦，代代不忘本……」我頓時變成孤兒、也慟失一位創作推手與鄉土地名的師「父」。

一九九八年(39歲)

　　父親病歿將近一年，心情跌入谷底，腦袋空白，終日行屍走肉、意識恍恍惚惚，人生失去方向，有意放棄全台三○九鄉鎮《地方唸謠》的寫作工程。12月，父親「做對年(週年祭，俗稱轉紅)」在外省籍妻子楊佩芬的斥責下，當頭棒喝，為了實踐父親的遺志，於靈位前矢志重拾失落的情緒，再度回到書房，進行北部鄉鎮市的文史資料建檔蒐集，讓自己的創作生命也「轉紅」。

　　10月，〈土蚓仔圓〉、〈後庄訪舊〉、〈山尾頂飛落的屌鳥仔〉等詩，入選前衛版《台語詩一甲子》(林央敏主編)。

一九九九年（40歲）

4月，完成宜蘭十二鄉鎮市地方唸謠。

5月，至台中的東勢林場擔任台灣文學營講師。

6月，《台中縣地方唸謠》由台中縣政府以有聲書籍形式出版（CD由電台主持人劉菲及靜宜大學林茂賢教授朗誦，書籍由漫畫家王金選插圖），舉辦大型記者會，鎂光燈閃爍不停，現場朗誦沙鹿、大里等台中縣市唸謠，並主動朗誦二崙鄉生廖死張傳奇：「報恩草，含露水。頭飽飽，尾敲敲……」因思及父親臨終顫抖的教誨，熱淚奪眶而出。當天，獲中國時報、民生、聯合、自由、台日等主流媒體以頭條及顯著篇幅擴大報導。創作受到鼓舞。

7月，受邀至高雄松年大學演講，傳播台語童詩創作種子。

8月，《雲林地方唸謠》小檔案部份，遭雲林縣文化局《雲林縣文化導覽》一字不改竊用，連「作者林沈默」五個字都消失，痛心自己故鄉文化主事者的粗暴，但念及人不親土親，傷害已然無法彌補的事實，以和為貴，放棄興訟或和解，亦未要求任何補償，事件經報紙披露後，以不了了之收場。

9月，完成台北縣、基隆市等30個鄉鎮市地方唸謠。童詩〈秋天大合唱〉入選國小教科書（翰林版）。

9月18日，在中國時報上班之餘，獲聘為台中縣公民大學

講師，主講台語童詩及童歌的欣賞與創作課程，並輔導學員撰寫家族或村里的三字經唸謠，積極培育台語文學及文史的種子。

9月21日，發生規模七點六的九二一大地震，台中、南投兩縣重創，總共造成2576人死亡、12478人輕重傷，房屋倒塌15萬間，災民哭天喊地，災區如同人間煉獄。住居的大里市位於斷層帶邊緣，亦首當其衝，親眼目睹台中奇蹟、台中王朝等大廈斷成兩截，屋毀人亡景象，到處哀鴻遍野。住家所幸僅受輕傷，但凌晨一時四十七分天搖地動之後，連續一星期，因災區餘震不斷，全家在鄰近國小搭帳篷過夜、生活，不敢回到四樓的公寓住家。

二○○○年 (41歲)

3月18日，台灣政黨輪替，執政長達半世紀的的國民黨因內鬨而下台，由民進黨的「台灣之子」陳水扁、呂秀蓮當選正副總統。本土文化深耕的呼聲又起。

4月，至彰化大村的大葉大學演講台語三字經。桃園縣13鄉鎮市地方唸謠完成。

5月29日，赴高雄岡山松年社區大學，向數百位長青學員授課，講授台灣地方唸謠。

7月，在台灣日報副刊撰寫「非台北觀點」的文化專欄，為時一年。

8月1日，至靜宜大學演講。14日，至雲林科技大學演講。

　　10月，完成新竹縣市、苗栗縣等32鄉鎮市的地方唸謠。

　　12月20日，赴台視公司與董事長賴國洲及文化出版公司總經理會面，洽談台灣地方唸謠出版及播映等問題。

　　積極蒐集、口述南台灣鄉鎮文史資料，準備讓地方唸謠的創作越過八掌溪、急水溪流域。

二〇〇一年（42歲）

　　1月16日，台灣囝仔詩《台中縣地方唸謠》二十一首遭台中縣環保局違法侵用，大量印成「典藏2001年曆手冊」贈送，向縣府表達抗議。

　　1月20日，台中縣府新聞課派員親自登門，為「典藏」侵權一事鄭重道歉，秉持敦厚原則，未再追究。

　　2月24日，家中租人種植木瓜的二分田地，屆期收回。台北的大哥、我及母親特地南下西瓜寮，僱請工人犁田整地，歷長時間的抽水灌溉之後，下午灑下油菜花種籽，準備一個月後的清明時節壓成綠肥，讓地利休養生息之後，再種下柳丁、芭樂等果苗，以便永續耕墾，傳下父親的遺產。在犁田的過程，欣見烏鶖、白鷺鶯、夜鷺、秧雞、麻雀、斑鳩等數百隻鳥，尾隨耕耘機之後，飛舞跳躍，尋找土地翻醒後的獵物，心中為第一次這麼貼近台灣可愛的鳥類，興奮感動不

已。心情記載於台灣日報非台北觀點的〈犁田驚夢〉一文。

5月，「急水溪、九九彎。龍地穴、輪流轉。青南風、吹金彎。佃農子，掌台灣……」在阿扁官田故鄉的唸謠中出發，完成台南縣市32鄉鎮市地方唸謠創作。蒐集二層行溪（二仁溪）以南鄉鎮市的文史資料，準備撰寫高雄縣。

6月1日，中國時報中部編輯部裁撤，被迫與家人分隔，北上總社上班，周休二日才得返家，被女兒戲稱為「週三爸爸」或「溫世帝先生（Mr. Wednesday）」。

6月15日，「台灣囝仔詩六首」入選《台灣文學讀本》（台中縣文化局出版）。

6月23日，接受台視「戀戀台灣情」採訪，談地方唸謠創作心路。

7月10日，接受寶島新聲廣播電台王默三主持人專訪，談台語詩的創作。

8月20日，擔任時報文學獎新詩獎的評審。

7月30日，桃芝中度颱風從花蓮登陸，再越過中央山脈，直撲中台灣，狂風驟雨帶來洪水、土石流，道路柔腸寸斷，全颱死亡逾二百人，到處哀鴻遍野。早上十點特地提早搭車北上上班（鐵路、公路皆停駛，僅搭上一班飛狗巴士），被困台中、苗栗等洪水氾濫區達13小時，到達報社已是同事下班的深夜十一點。

9月11日，美國世貿雙塔遭蓋達組織摧毀，全國籠罩恐怖

主義陰影。10月，美國直搗阿富汗，緝捕奧薩瑪‧賓拉登，發動反恐怖主義的戰爭，世局動盪。

9月18日，中颱納莉席捲台灣，台北地區做大水，包括中時、聯合等媒體設備大泡水，損失慘重。

9月23日，出席台北國際詩歌節，在龍山寺露天場合，與數百位鄉親面對面談詩、朗誦台灣地方唸謠，獲熱情鼓舞。

10月7日，小說集《霞落大地》由台北慧明集團出版。獲人間副刊、中時文化版、自由時報、新台灣週刊、文訊雜誌等推薦報導，媒體稱之為「二十一世紀第一部鄉土小說集」。

11月，高雄縣27鄉鎮市的地方唸謠創作完成。蒐集阿猴城相關史料，準備進入下淡水流域（高屏溪），撰寫屏東地方唸謠。

二〇〇二年（43歲）

1月7日，《林沈默台語詩選》精裝版，由台南金安出版社出版。中時文化版以新聞稿報導。

7月20日，任時報文學獎新詩獎評審。

9月13日，接受台中歡喜之聲電台專訪，談台語三字經創作與推廣。

10月，屏東33鄉鎮市地方唸謠創作完成。積極準備越過中央山脈，展開後山探秘。

11月，高雄林園鄉公所將《林園鄉地方唸謠》製作成有聲

漫畫CD，貼在該鄉網頁開場白。

後山資料殘缺不全，蒐集不易，出遊花東縱谷鄉鎮市，尋覓平埔、卑南王的足跡，以及相關文史開發資料。

11月28日，下午四時，在公寓臥房內摔斷唯一的好腳——右腳，住院、休養兩個月後，坐輪椅至報社上班。

二○○三年(44歲)

4月起，中國華南傳出非典型肺炎，ＳＡＲＳ風暴席捲亞洲，台灣人心惶惶。因為怕巴士密閉空間感染，半月沒有回家。

6月，腿傷未癒，提著石膏腿，坐在輪椅上創作，完成花蓮縣13鄉鎮市地方唸謠。

7月，擔任時報文學獎新詩獎評審。積極蒐集台東文史資料。

11月，完成台東縣16鄉鎮市地方唸謠。

12月，積極蒐集澎湖縣文史資料，準備跨海創作離島地方唸謠。台語詩〈蕃薯發穎〉、〈願望〉入選《台語詩六十首》(綠色和平廣播電台、李南衡主編)。

二○○四年(45歲)

3月，接受中廣「中廣中晝茶」專訪，談文學創作歷程。

3月20日，319槍擊案抗議聲中，陳水扁、呂秀蓮連任正

副總統。

5月，完成澎湖縣6鄉鎮市地方唸謠。

6月，接受中廣「世界隨身聽」節目專訪。

7月12日，涵蓋全台314鄉鎮市(台澎309鄉鎮市及5個省轄市)，歷經父親罹癌、病逝、九二一大地震、政黨輪替、桃芝、納莉風災、中部編輯部裁撤北調、母親數度病危入院、我跌斷右腿、美阿、美伊戰爭、SARS風暴等等人事悲傷、折磨及變遷，十年風風雨雨，人事動盪浮沉，幾度罷筆、幾度瀕臨絕望邊緣的地方唸謠創作，在最後總修正之後，終告完成。全套書以《唸故鄉─台灣地方唸謠》為總書名，分為《北台灣金華》、《中台灣風雲》、《南台灣光景》、《東台灣澎湃》等四冊。

7月20日，擔任時報文學獎新詩評審。

8月19日，擔任國家台灣文學營講師。

10月，上台視「謝志偉嗆聲」節目，與作家康原對談母語「台灣地方唸謠」創作與推廣。

二〇〇五年(46歲)

2月24日，扁宋會，陳水扁、宋楚瑜達成十大共識。台獨路線遽受背離，深夜氣極跳腳，執筆寫「芋仔煮麵線」，刊登於自由時報自由廣場，開啟「沈默之聲」專欄寫作的濫觴。以台語詩在時論版面開闢專欄、跳離副刊象牙塔，每週針砭時

事，被譽爲台語「創新、破天荒的實驗」。

6月，雲林古坑華山文學步道石刻展出台灣地方唸謠〈斗六門〉台語詩。

7月，擔任時報文學獎新詩獎評審。

8月，擔任國家台灣文學營講師（台南市）。

10月，台東大學兒童文學研究所研究生洪國隆以「林沈默的台灣囝仔詩」爲碩士研究論文。

二〇〇六年（47歲）

1月，推甄考上台灣師範大學台灣語言文化及文學研究所，論文提綱爲「黑貓的眼睛——台語歌詞書寫下的女權運動之路」。

1月10日，台語詩〈山尾頂飛落的厝鳥仔〉、〈後庄訪舊〉，入選《台語詩一世紀》（前衛版，林央敏主編）。

1月17日，受邀至青年領袖研習營（台南玉井）演講，講題爲「母語創作的新世界」。

2月23日，台語童詩〈嗶嗶苦〉、〈唱生日〉、〈二水唸謠〉等台灣囝仔詩入選《國小閩南語課本》（全國教師會出版）。

2月25日，發表台語詩〈聽著二二八〉，自由時報「沈默之聲」屆滿一年，專欄暫停。

3月，華語詩〈有些人是我的同鄉〉、台語詩〈後庄訪舊〉入選教育部、國立編譯館策劃之「青少年台灣文庫」（向陽主編）

詩卷。

　　4月，美國《台灣公論報》連載「台灣地方唸謠」。台語詩作品〈白露〉，翻譯成日、韓等文，參加「2006亞洲國際詩人節」詩展。

　　8月23日，應高雄市文化局之邀，擔任「台灣囡仔詩」專題講座。

　　10月，台語詩集《沈默之聲》由前衛出版社以有聲書形式出版。

國家圖書館出版品預行編目資料

沈默之聲：林沈默臺語詩集／林沈默著.
－－初版. －－臺北市；前衛, 2006[民95]

192面；21×15公分.

ISBN 978-957-801-505-0(精裝附光碟片)
      957-801-505-4

850.32514   95016423

《沈默之聲》

著　　者／	林沈默
CD 製作／	寶島新聲廣播電台（FM98.5）
台語顧問／	陳憲國・陳恆嘉・方嵐亭
男聲配音／	吳國禎
女聲配音／	吳佩舫（Yuki）
責任編輯／	番仔火
內文編排／	彭君如

前衛出版社
總本舖：112台北市關渡立功街79巷9號1樓
電話：02-28978119　傳眞：02-28930462
郵政劃撥：05625551
E-mail：a4791@ms15.hinet.net
http://www.avanguard.com.tw

出版總監／林文欽
法律顧問／南國春秋法律事務所・林峰正律師

紅螞蟻圖書有限公司
地址：台北市內湖舊宗路2段121巷28.32號4樓
電話：02-27953656　傳眞：02-27954100

出版日期／2006年10月初版第一刷

Copyright © 2006   Avanguard Publishing House
Printed in Taiwan   ISBN：978-957-801-505-0

定價／250元（附CD）

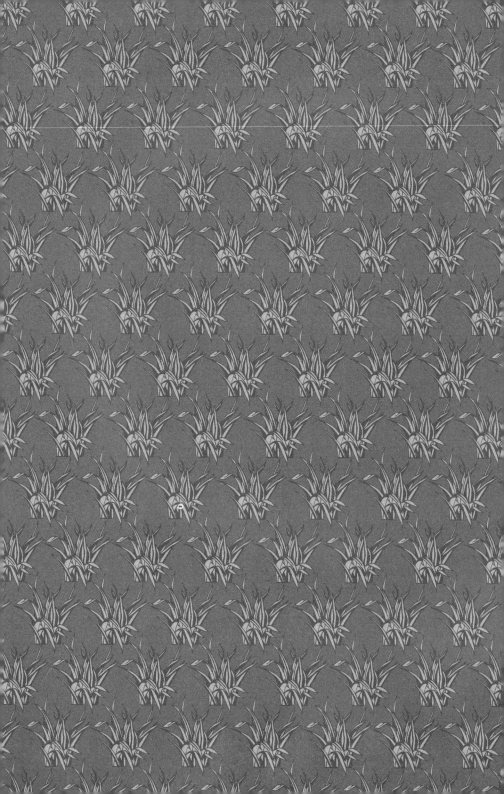